2
Author 道造
Illustrator めろん22
貞操逆轉世界的處男邊境領主騎士
Virgin Knight
who is the Frontier Lord in the Gender Switched World

「這段地獄般的日子終於要結束了嗎？」
騎士學徒
瑪蒂娜

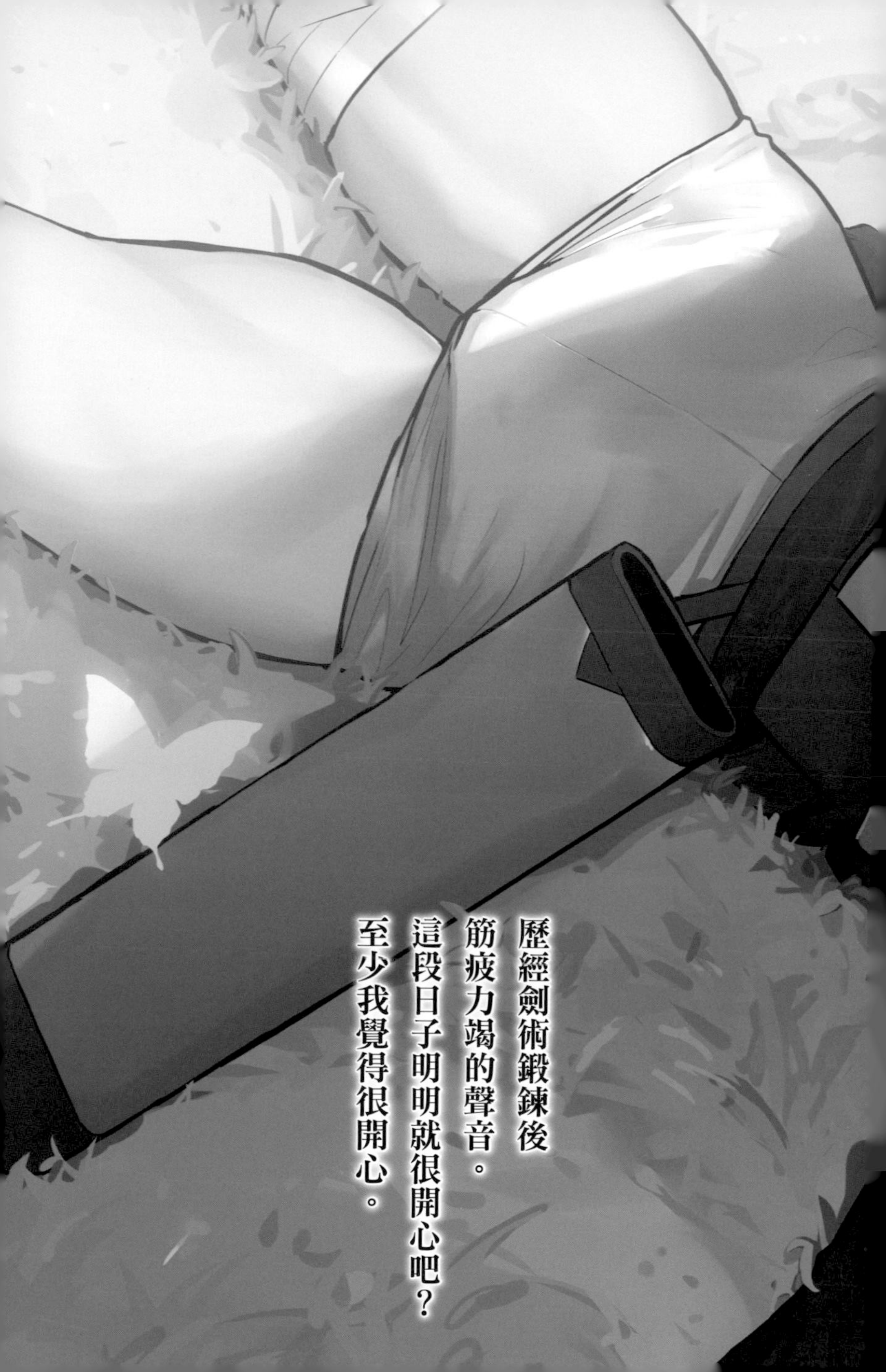
歷經劍術鍛鍊後
筋疲力竭的聲音。
這段日子明明就很開心吧？
至少我覺得很開心。

波利多羅領 封建領主騎士
法斯特
「真美！」
「看來你很中意，這比什麼都讓我欣喜。」
安哈特王國 第二王女
瓦莉耶爾

安哈特王國 女王
莉澤洛特

「那麼，這就為您獻上。」
「等等，那個！該不會是——！」

維廉多夫王國 女王
卡塔莉娜

Virgin Knight who is the Frontier Lord in the Gender Switched World

貞操逆轉世界的處男邊境領主騎士

2

Virgin Knight who is the Frontier Lord in the Gender Switched World

Author
道造
Illustrator
めろん22

Kadokawa Fantastic Novels

序章 騎士學徒瑪蒂娜

安哈特王國曾有個小鎮規模的封建領地，名為波瑟魯。

如今已不復存在。

領地本身仍然存在，但是那名號在一個月前消失無蹤了。

由於領地將被納入女王直轄，不容那塊土地繼續冠以一度叛變的貴族家名。

而我瑪蒂娜的母親卡羅琳使老家波瑟魯家淪落至此，是一個月前的事。

大肆宣洩對波瑟魯家的憎惡與怨恨，甚至殘殺了其他無關領地的無辜人民。

掠奪周遭地區，奪取錢財後試圖出奔敵國，不斷散播戰火的火種直到最後。

最後無論是吾母卡羅琳、跟隨她的領民，以及老家波瑟魯家，一切都在憎恨的烈焰中澈底焚毀。

我以為我應該同樣會被殺。

我是罪人卡羅琳的女兒。

在法律制度上是為了抑制犯罪，更重要的是為了撫慰被害者。

依照安哈特王國的連坐與緣坐原則，規定親屬與主從關係者一併受罰，而我瑪蒂娜．馮．波瑟魯是罪證確鑿的罪人之女，被判處死刑也是天經地義的結果。

也因此，我的下場應是絞刑台，又或者是得到最起碼的慈悲而死於斬首。然而——

我現在卻還在這裡。

早晨時，我悠悠哉哉躺在床上，而且大概是為了驅除老鼠而養的貓就躺在我身旁，不時喵喵叫，而我甚至還有資格摸摸牠。

雖然我還不知道貓的名字，不過那也不重要。

我沒來由地撫摸貓的肚子。

也沒有其他用意，我接著拎起那隻貓，檢查兩條後腿之間。

是母貓。

言歸正傳，我——瑪蒂娜因為王室網開一面而保住了小命。

而贏得這結果的並非我自己，而是人稱「憤怒騎士」的波利多羅卿。

他是王國的最強騎士，同時也是在這個男女比為一：九的世界中，身為僅此唯一的男性騎士卻又立下超常戰功的英傑。

是他救回了我這條性命。

「……這樣的結果究竟是對還是不對？」

我瑪蒂娜．馮．波瑟魯無從判斷。

絕非厭惡。

對於為我請求寬恕的波利多羅卿，我毫無厭惡之情。

如果我敢說出那種忘恩負義的話，當場被人一劍砍死也沒有怨言。

法斯特大人竟然在女王陛下面前為我這條性命求情。

莉澤洛特女王陛下可是安哈特王國的至高掌權者，也是領導者，而法斯特大人為了救我，不惜公然違抗女王陛下的判決。

將額頭磕在石地板上，直到磨破皮膚，滲出鮮血。

甚至不惜吶喊著要奉還他在地獄般的戰場上以性命贏得的榮譽——自己的褒狀，只為了挽救我的性命。

我無法理解他為了我這麼做的理由。

儘管如此，我還是明白法斯特大人不惜自身利益，救了我的性命。

如果有人因此嘲笑他，我就必須不惜一切殺掉那個蠢貨。

我的性命等同是他撿回來的，只要他要我去死，我隨時都可以獻上性命。

為了殺死蠢貨，也為了在必要之時自戕，我隨身攜帶兩種時候都能派上用場的短刀。

短刀上頭刻著如今失去領地，骯髒得無法公然示人的波瑟魯家紋。

波瑟魯家已經落魄淪為區區的世襲騎士家，這是我少數的個人財產之一。

把手伸向就寢時也不離身的短刀並握住刀鞘

過去無論置身何時何地，我都能行使自己立下的誓言。

那就是身為貴族，身為藍血的覺悟。

這源自母親給我的教育，曾經是我應當引以為傲的精神。

然而如此正當地教育我的母親，卻將她應當守護的波瑟魯家與一切以憎恨的烈焰徹底燒毀。諷刺得令人不禁想笑。

「不好笑吧。」

至少法斯特大人沒有笑。

不知為何，每當我提起母親，他總是會皺起眉頭。

法斯特大人似乎不喜歡我說母親的壞話。

每次我咒罵母親的行徑，他抗拒的反應就如傷口被人觸碰。

皺起眉頭，真的就像個孩子一般抗拒。

他曾經清楚地問過我。

「她——妳的母親不愛妳嗎？她對待妳的方式很過分嗎？」

法斯特大人神情百般苦澀，如此問道。

所以我也誠實回答：

「從來沒有這種事。我想母親確實對我付出過愛情。我一次也不曾受過嚴苛對待。但是，我的意見想必不同於世間的風評。無論我再怎麼聲張母親的優點，只要她在別人眼中是壞人或狂人，那麼就是如此。」

我嘟起嘴唇如此吐露。

你應該比誰都明白才對。

儘管我如此唾棄道。

但法斯特大人只是憂傷地低語：「這樣啊。」

像是理解了一切般，他緩緩點了點頭。
露出眺望遠方的眼神，沒有再多說什麼。
所以我也沒有再多說什麼。
我不再惡言批評母親，也嚥下了想問法斯特大人的話。

「請問法斯特大人的母親，是個什麼樣的人呢？」

我無法開口詢問。
伸長雙手舉起貓。
那似乎是法斯特大人想避開的話題，要開口都顯得困難。
所以我改為詢問法斯特大人養的貓。
貓放鬆身子讓我舉起，不曾抵抗只回以一聲貓叫。
回答是「喵」。
我把這般可愛的貓放回地面並站起身。
在我服侍的騎士主人起床前，我必須先起床。
現在的我既不是波瑟魯家的繼承人，也不是因連坐而準備赴死的少女。
我——瑪蒂娜現在只是服侍法斯特大人的騎士學徒。

第24話 女王下令折返

第二王女瓦莉耶爾大人的初次上陣，在大眾之間以「卡羅琳的叛變」之名而流傳的騷動結束後，過了一個月。

我——法斯特．馮．波利多羅順利結束軍務，與領民們一同回到波利多羅領，過著幸福快樂的日子。

我純粹出自個人尊嚴而懇求女王網開一面的瑪蒂娜也被我帶回領地，目前正在教育她成為騎士學徒。現在正為了日後讓她在馬房負責照料我的愛馬飛翼而教導她。

因為我很喜歡照顧馬，自己也會處理就是了。

我如此思索的同時撫摸著愛馬的頭。

「這就是我的愛馬飛翼。」

飛翼身材高大，是匹莊嚴、雄偉且強悍的馬中之馬，是我深愛的母親瑪麗安娜為了我不知從何處取得的軍馬。

身高超過兩公尺。

雖然不清楚體重，但鐵定超過一公噸吧。

我的世界雖然狹小，但我已在軍務時走遍安哈特王國各地，見過形形色色的騎士的馬。

但是我仍舊不曾見過在這匹飛翼之上的馬。

「這匹馬真的很大呢。不愧是安哈特王國最強騎士的馬。」

「我十五歲的時候，當時飛翼三歲。牠從那時候就撐起了我這巨大的身軀。」

飛翼是我為數不多的寶物。

因為髮飾與戒指等等全都分給領民了，牠是亡母贈送給我的東西中碩果僅存的唯一。

哎，我自己也不願意把我的愛馬飛翼稱之為東西，但也沒有其他說法。

該怎麼稱呼應以親愛之情對待的這傢伙才好呢？

比方說在維廉多夫戰役之時，若非飛翼那般優秀，我與雷肯貝兒騎士團長的決鬥肯定敗北了吧。

我這滿身肌肉的身軀高兩公尺，體重超過一百三十公斤，再加上全副武裝的重量，眼前這匹馬扛起這一切還能輕易跳躍。

真可謂愛馬。

如此稱呼一點也不為過。

飛翼把鼻子靠過來磨蹭我，我也用臉頰磨蹭著牠，互相感受彼此的感觸。

「……很有靈性的馬呢。」

「是啊，很有靈性。馬本來就聰明。」

瑪蒂娜看著我們的互動如此說道。

聽到飛翼被人稱讚，我就像是自己被稱讚般不禁開心起來。

啊，話說回來，算起來飛翼也已經十歲了。

坦白說，我知道牠日後還能與我繼續大顯身手。

飛翼與眾不同。

這世界的人類中有人稱超人的超凡存在，模仿那稱呼的話，飛翼應該稱之為超馬吧。

話雖如此。

「我很樂意日後負責照料牠。不過這匹馬，飛翼已經年紀不小了吧？」

「問題就在這裡。」

瑪蒂娜像是看穿了我的憂慮般問道。

差不多是時候為飛翼找個老婆了。

如果狀況允許，我不希望養新的馬，而是讓飛翼的血脈在我波利多羅領延續下去。

飛翼可是伴我度過無數生死關頭的愛馬。

既然如此，為牠延續血脈也是我這個搭檔的義務。

不過領地的財政已經沒有餘力購買新的母馬——不，只要使用在卡羅琳的背叛拿到的報酬金……

不行。那已經決定要用來減免領民的稅金了。

令人煩惱。

「是時候該準備新的馬了，雖然我認為應當如此建議您……」

瑪蒂娜語帶遲疑。

哎，憑這孩子的聰穎，她也明白我的回答吧。

「靠我波利多羅領的財政養不起啊。況且飛翼吃的也不少。」

購買馬匹是很昂貴，但更麻煩的是飼育費用。

於這個奇幻中世紀時代，馬的恩格爾係數非常高，若要讓馬工作，得提供數倍於人類的食物。

我的愛馬飛翼立下無數功勞，當然有權利吃飽喝足，但牠的胃口真的非常好。平常食量就是尋常馬匹的三倍。

飛翼大啖飼料的光景雖然可愛，但是就財政而言教人心痛。

如果還要飼養新的馬匹，憑我這領地的財政……

「得想點辦法才行啊。」

其實我過去就已經不時在思考。

煩惱的源頭之一。

就算去拜託第二王女殿下瓦莉耶爾大人也不可能解決。

雖然明白養一頭新的馬最簡單，但我無論如何都想讓飛翼能傳宗接代。

該怎麼辦才好呢？

就在我與身旁的瑪蒂娜左思右想時——

「法斯特大人，有使者造訪。」

「又來了？是信件吧？」

從士長赫爾格現身，告知有使者造訪。

亞斯提公爵的道歉信毫不間斷地一次又一次送來。

在我離開王都回到領地之後，我其實已經收到了亞斯提公爵那不知在想什麼而誠實書寫的信件。

她大概是判斷不要輕率撒謊，老實告訴我有助於改善印象吧？

至於我的感想。

我就直說了吧。那個人是不折不扣的白痴吧？

呃，其實我覺得她很能理解我這種個性，如果我擁有這世界尋常男性的感性，大概已經被她攻陷了。

坦白說，無法斷言她真的只是笨蛋。

如果她連我會為了替瑪蒂娜求情而發飆，甚至當眾下跪都事先洞悉，那已經超越足智多謀的水準了。

應該單純稱之為狂人才對。

所以說，我就敬佩她居然會誠實告訴我吧。

要失控發飆和下跪都是我自己選的，為此恨她在道理上說不通。

但我無法原諒她。

「亞斯提公爵的信，我會拆封閱讀。但我不回信，就直接送回去吧。」

「這樣好嗎？」

「無所謂。」

想奪取我的處男之身還無所謂。

但為此把小孩子，把瑪蒂娜的性命當作道具擺布，這我無法原諒。

誘導年幼孩童的思考，讓瑪蒂娜親口向女王懇求由我為她斬首，這我無法原諒。

唯一就是這點無法原諒。

我看向一旁的瑪蒂娜，注視著那年幼的身體。

不過瑪蒂娜本人卻——

「那個，關於亞斯提公爵誘導我的想法那部分。」

「怎麼？我可不打算原諒喔。」

「對我來說根本談不上原諒不原諒，就連一絲憎恨都沒有。」

奇怪？

我一副愣住的表情，仔細注視著瑪蒂娜的臉。

「呃，瑪蒂娜，妳的性命被她當作道具隨意擺布喔。妳不恨她嗎？」

「法斯特大人，您是因為您的行動被利用，因此對亞斯提公爵感到憤怒嗎？」

「不，這我不生氣。」

雖然被她牽著鼻子走，但起因是我自己的行動太幼稚笨拙。

就如同我剛才所想的，將失控和下跪歸罪於亞斯提公爵不合情理。

不過——妳有資格生氣吧？

「既然這樣，我的感想和您相同。我也一點都不生氣。」

「瑪蒂娜。妳還是個小孩子。妳的性命被亞斯提公爵因為她個人方便當作棋子隨意擺布。那麼妳應該要生氣。」

「法斯特大人。就算我在那時被法斯特大人斬首而死，我也一點都不後悔。」

瑪蒂娜面露一如往常的冷淡表情說道：

「況且，根據法斯特大人所說，亞斯提公爵似乎本來就打算為我求情，也聽說她原本打算提拔我為家臣。對於當時死路一條的我，她是唯一想拯救我性命的貴人。」

「這個嘛……哎，是沒錯。」

如果當時並非必須由我親手斬下和我毫無關係的瑪蒂娜的頭。

我這份身為藍血的騎士教育，與前世日本人的道德觀念兩者魔鬼般地合體形成的尊嚴，大概會理所當然地對瑪蒂娜見死不救吧。

心生幾分尷尬，不由得自瑪蒂娜挪開視線。

我絕非英雄。

儘管有她的算計，但打從一開始就想救瑪蒂娜的，唯獨亞斯提公爵一人。

這是不爭的事實。

「明知如此還要憎恨公爵，作為一個人，我認為這叫做忘恩負義。這應當是撇開結果去評斷的事情，而且我個人的心情也沒有分毫憎恨。」

瑪蒂娜是真的聰穎。

甚至稱得上達觀。

也難怪亞斯提公爵惋惜這份才華，這孩子的價值使她真心想要求情。

眼前這生物真的才九歲嗎？

如果她能繼承波瑟魯領，想必能成為非常優秀的領主吧。

我同情瑪蒂娜的人生境遇。

因為周遭的大人盡是些蠢蛋，讓這孩子的命運走上岔路。

……我的騎士教育想必算不上多麼優秀，但我得想辦法好好栽培她——

領地的叛徒，屠殺者的女兒。

要讓她成為不輸給這種風評的騎士。

我在心中立誓。

不過，這不是現在該思考的問題。

「嗯～」

在那之後，亞斯提公爵每星期都送來方便變賣的禮物。

以變賣換錢為前提的財物，加上解釋與謝罪的信紙。

然而我心中的最大被害者，也是我氣憤的原因的瑪蒂娜都這樣說了，我也覺得該重新考慮一下。

應該原諒她嗎？

「法斯特大人。話說到底，與亞斯提公爵的關係惡化對您有任何益處嗎？對方可是領地中擁有銀山，領民超過十萬人的公爵家家主喔？」

「嗯。妳這樣說我也很難堅持。」

到頭來，領地規模和握有的權力差距太大。

我只是領民區區三百的弱小領主，亞斯提公爵卻總是見人就聲稱我是她的戰友，這本來就不符常理。

而這般人上人會像這樣一次又一次寄信道歉，也同樣不符常理。

不，原因是亞斯提公爵對我的屁股有異常的執著——

我也知道她想收我為情夫，並且想得到我的貞操就是了。

按照我心中繼承自前世的感性，那其實無關緊要。

生下的孩子可能無法繼承波利多羅領，因此情夫的立場會令我傷腦筋。

我用雙手夾住臉頰，打呵欠般吐氣。

我向瑪蒂娜徵詢客觀意見。

「……妳會覺得我心胸狹隘嗎？」

「不，您被利用了，感到憤怒是天經地義。不過，法斯特大人的心胸想必沒有這麼狹小吧？對方明明已經贈送財物，並且三番兩次捎來真心誠意的道歉信了吧？」

「嗯～」

亞斯提公爵已經承認自己的過錯。

財物與道歉信也屢次送達。

有道理。這樣還不原諒而繼續氣憤難平，反倒顯得我心胸狹隘。

應該就此原諒她嗎？

真讓人煩惱。

話說回來。

「公爵領也是有名的駿馬產地啊。」

「應該說公爵領內應有盡有。要委託公爵為飛翼繁衍後代嗎？」

瑪蒂娜立刻反應靈敏地回話。

應該就此妥協吧。

就寫信告訴亞斯提公爵我已原諒，條件則是委託她為飛翼繁衍後代。

小馬誕生後，在亞斯提領養育到三歲，之後免費轉讓給我。

這樣就足夠了吧。

亞斯提公爵是我在維廉多夫戰役中寶貴的戰友。

雖然我的確一時真心恨她，但要否認這樣的過去，我也同樣不願意。

我發出嘆息。

「赫爾格，撤回前言。告訴使者我收下信了，這次會回信，請對方到宅第稍作等候。也要準備不至於讓我們領地丟臉的款待。」

「遵命。這部分我明白了……不過這次還有其他事。」

「其他事？」

使者不是亞斯提公爵派來的信差嗎？

應該沒有其他事了吧。

「使者傳令要您前往王都。是王室的要求。」

「誰理啊。」

宰了妳喔，混帳東西。

無論是保護領地的契約義務而來的軍務，或者是身為第二王女顧問的職責，今年的分已經完全達成了。

為何還沒過一個月，就叫我去王都報到啊？

我已經累了喔。

我還得忙於瑪蒂娜的騎士教育，還要治理波利多羅領。

為何我得處理這種麻煩事。

「根本沒有使者造訪，也許是在路上被山賊襲擊了吧——要如此處理嗎？」

赫爾格目光凶險，打量我的反應。

要殺使者嗎？

雖然我也想這麼幹，但我還得請這次的使者攜回給亞斯提公爵的回答。

此外更重要的是——

「如果地位高如公爵，也許還能辯稱使者根本沒來。」

雖說是領主騎士，我只是領民區區三百人的弱小領主騎士。

政治上的立場猶如塵芥。

不僅要殺了只是辛勤工作的使者，還要背負可能被王室發現的風險，幹這種壞事的益處根本不存在。

可惡，混帳東西。

我束手無策。

「知道是什麼事嗎？」

「由於事關重大，使者也未能知悉。要求只有請您造訪王宮。而且這次要帶上更勝第二王女初次上陣的兵員。」

「不管怎麼想，這擺明了就是麻煩事啊。」

充滿了不安要素。

好想拒絕。

可惡，真想拒絕。

為什麼要選我啊。

照道理說，我也明確存在拒絕的權利。

乾脆寫封拒絕信，讓使者帶回去吧？

「法斯特大人，既然您已經達成了身為封建領主的義務，您確實有拒絕權，但是要拒絕也必須當面拒絕才不失禮數。這是不折不扣的女王命令。」

「……」

一旁的瑪蒂娜澈底否決了我的想法。

我知道了啦，混帳東西。

到頭來，還是只能趕赴王都吧。

而且還要帶著比上次更多的兵力。

人數——三十左右應該夠吧。

「赫爾格。真的很不好意思，妳先做好心理準備，這次的狀況大概會同樣艱苦。」

「我等從士與領民，唯獨一心追隨法斯特大人。我立刻準備召集。」

赫爾格有個還年幼的女兒。現在拜託與她共享丈夫的姊妹們與她們的孩子一併照顧。

經過上回的軍務之後——她可愛的獨生女忘記了赫爾格的長相。

赫爾格哭得可傷心了。

雖然這次好不容易讓孩子想起了她。

咦？這次難道會重蹈覆轍嗎？

坦白說真的很難受喔。

主要是我的心。

「法斯特大人，這次我也會跟著一起去。」

「瑪蒂娜，妳可以待在領地悠哉一段時間。」

「追隨主人的征途，也是騎士教育的一部分。」

要讓九歲孩童配合這種艱辛的狀況也教人擔心。

而且這段時間可能疏於對瑪蒂娜的騎士教育，這也令人憂心。

看來只能帶她一起去了。

「不要太誇張喔，王室。」

我發著牢騷，同時靜靜地放棄了堅持。

第25話 任命談判使者

小兄弟痛死了。
我都講過幾次了——因為只是在心裡嘀咕，也不可能有人知道就是了。
雖然這是非公開場合，這裡只有我和三名王族。
為何妳只披著一件絲綢薄紗就出現在我眼前啊？
難道妳和母親莉澤洛特屬於同類嗎？
我在心中如此咒罵。
惡毒咒罵的對象是裸體外頭只披著一件絲綢薄紗的安娜塔西亞第一王女。
瞳孔看上去擺明是豎瞳，虹膜較常人要小，雖是美女卻給人爬蟲類般的印象。
一言以蔽之就是「好像會吃人肉」。
——這樣的她現在衣不蔽體，反倒異樣刺激我的性欲。
恐懼與性方面的興奮兩者彼此混合了。
對我的心境毫不知情，與她一同坐在對面長椅上的亞斯提公爵開口：
「首先，先讓我開始說吧。法斯特，之前瑪蒂娜那件事真的很抱歉。雖然我真的沒有任何一絲加害於她的念頭，但是關於利用她來『挑動』你對我的興趣，對此我只能道歉。」

惡鬼般的銳利眼眸，紅色長髮綁成辮子披在後腦杓，胸部則雄偉如阿爾卑斯山脈。

依舊是超級美人的亞斯提公爵向我謝罪。

如果真的想跟我道歉，先叫安娜塔西亞第一王女不要打扮成那樣啦。

每次視線轉向妳的臉，旁邊那人的美好胸型就會自動映入眼簾啊。

不，其實視線無論如何都會往那邊飄過去。

雖然安娜塔西亞那王室血族特徵的紅色長髮，恰巧遮蔽了乳頭。

不過唯獨該處看不見，反倒「挑動」性趣。

勃起與金屬製的貞操帶衝突，產生痛楚，引發暈眩。

為何我得受這種苦？

就當作一切都過去了，儘早結束對話。

「不用再謝罪了。憑使者的快馬，信件應早已送達。我已經原諒了。」

「話雖如此，當面的謝罪也不能少吧。事情的梗概就如之前所告知的，真的非常對不起。法斯特。」

亞斯提公爵對我低下頭。

真的無所謂，妳先阻止安娜塔西亞第一王女。

這種事已經一點都不重要了。

「……你的氣憤，我也覺得很有道理。不過，還是懇請你息怒。」

亞斯提公爵的臉上充滿了真心誠意的悲痛，對我謝罪。

我懂了，現在我的臉龐充斥著憤怒——氣得面紅耳赤是吧。

妳誤會了喔。

雖然我絕對無法解釋，但這不是妳想的那樣，亞斯提公爵。

我已經原諒妳了。

「這並非對妳的憤怒，亞斯提公爵。」

如果她誤會了，那正好。

這份憤怒不是針對亞斯提公爵。

雖然大半是因為小兄弟現在痛得要命。

其次，則是王室把別人當作棋子隨意擺布的態度令我氣憤。

王室啊，我也有我的事情要忙喔。

不，安娜塔西亞第一王女。

而且聽說這次是妳有事找我。

而且不知為何，一如往常般看起來只是個儘量用心打扮裝成熟的小孩子——瓦莉耶爾第二王女就站在我身旁。

看起來雖然可愛，但我不是蘿莉控。

我沒有分毫將她視作異性的興趣。

「那個，法斯特……拜託你先冷靜下來。」

況且胸前那麼貧。那身體真的無比貧瘠。

簡直就是望不見地平線的大荒野，沒有分毫起伏。

和美乳的安娜塔西亞第一王女，或巨乳的亞斯提公爵截然不同。

這兩人的胸部折磨著我。

欺負我的小兄弟真的那麼好玩嗎？

像是懼怕我的憤怒，亞斯提公爵發自內心感到歉疚般，口吐致歉之詞。

「嗯，也對。說得也是！我就接受你提出的所有要求吧！你的愛馬飛翼的繁殖，就由我的領地負責吧。雖然要等這次的任務結束才行。對了對了，不光只是與優秀的母馬交配，也和其他母馬交配會更好吧？就將其中最優秀的小馬送給法斯特吧。我當然也會支付飛翼與其他母馬的配種費喔？畢竟是安哈特王國最強騎士的最強馬的種嘛。我願意出個好價格。」

「如此一來我也毫無不滿。若能增加子孫，飛翼想必也會開心吧。」

真心話則是「我就當場跟妳配種吧」。

我在心中如此咒罵。

同時用力轉開臉。

為了避免亞斯提公爵身旁爬蟲類美女的美乳映入眼中，我只注視著坐在一旁的瓦莉耶爾第二王女。

她的胸前空無一物。

如同大海般空蕩蕩，令心靈不起漣漪的寧靜之海。

要維持我的心境平穩，在場人物之中只能靠她。

「那個，法斯特。為何要凝視著我？」

「在今天這個場合，我不願看向我擔任顧問的瓦莉耶爾第二王女之外的任何人。」

如此一來，我滿心的不愉快，大概也能傳達給安娜塔西亞第一王女吧。

其實我也沒把握。

至少我現在不願意看向安娜塔西亞第一王女，視線不願投向其臉龐下方的美乳。

「亞斯提公爵。關於妳的謝罪，到此告一段落了吧？」

安娜塔西亞第一王女將話鋒轉向亞斯提公爵。

目光銳利有如食人魔，像是在表明想儘快進入正題。

「好啦好啦，我話已經說完了。之後就聽王室發言吧。話先說在前頭，我站在反對的立場喔。」

亞斯提公爵使勁搖晃那對巨乳後，雙手朝天。

給我住手，我真的會上妳喔。

就算在這個貞操觀念逆轉的世界上，男人主動侵犯女人是種異樣的光景。

我也已經管不了這麼多了。

我真的會硬上妳們喔。

現在的我會做出什麼事，我自己也不曉得喔。

「法斯特．馮．波利多羅卿。我有話要說。」

「好的好的，請容我鄭重拒絕。可以回去了吧？」

我鄭重拒絕了安娜塔西亞第一王女的發言。

我不聽內容。

聽都不用聽。

無論是領地保護契約的義務，或是身為第二王女顧問的職務，我都已經達成了。

我沒理由聽王室的指使。

老子要回家。

「至少先把話聽完再拒絕！」

「我一點也不想聽啊。」

安娜塔西亞隔著一層薄紗大方展露那對美乳，同時凝視著我的臉。

至於我則是一如往常般，將視線焦點放在她那恐怖的雙眸。

若非如此，安娜塔西亞第一王女的美乳就會進入視野。

「我就直說了，事情只有一件。與維廉多夫王國的和平談判。我希望任命你為使者。」

「為何是我？那應該是法袍貴族的工作吧？不，就算真的要交給封建領主，我的爵位也太低了。」

維廉多夫可是與安哈特王國擁有同等國力的七選帝侯家之一，與維廉多夫的和平談判為何淪落到我非出面不可？

那應該是法袍貴族的工作吧？

絕不是領民不足三百名的地方領主該擔起的工作。

搞不好對方還會認為被看輕，砍下我的頭喔。

緊接著就是再次戰爭。

呃，按照維廉多夫的價值觀，我也知道這不會發生。

我在那國家相當於英傑。

絕對不會遭受無禮的對待吧。

「法袍貴族派不上用場。全無回應。維廉多夫知道我們安哈特王國的王軍大多鎮守北方應付遊牧民族，也知道對維廉多夫的防禦空洞。不會與我們談判。」

聽見了不想聽的話。

如果這件事與我無關就好了。

但其實並非與我無關。

我的視線轉向以騎士學徒身分在場，目前站在我背後的瑪蒂娜。

瑪蒂娜一語不發。

因為在這場合，她沒有發言權。

坦白說，我缺乏政治上的見識，希望她能給我一些建議就是了。

「……」

我絞盡腦汁。

我的領地波利多羅領，距離蠻族維廉多夫的國境線不遠。

所以我才會像這樣拚了命執行軍務，以維持與安哈特王國的保護契約。

我的領地會被蠻族侵略？

唯獨這件事無法忍受。

就算付出性命，也必須保護我的領地。

無論是就波利多羅領的領主騎士，或是就從亡母與祖先繼承而來的立場而言，我都身負守護領地的義務。

「法斯特，這件事與你也大有關係，雖然我這麼認為……」

「雖然這麼認為？」

我加重語氣追問道。

就算真是如此，總責任——

我也不該被放在要對維廉多夫政策負起全責的立場才是。

這應該是王室與法袍貴族要解決的問題吧。

若非如此，我為了領地的保護契約而拚命執行軍務的意義就不存在了。

再度重申，正是因為王室約定作為後盾保護我的領地，有這份契約作為代價，我才會執行軍務。

要對我提出更多要求就是違反契約。

「當然。這是當然的。雖然天經地義，不過你這次動員的領民一共三十人是吧？動員的全部費用由王國負擔，同時也在考慮與維廉多夫的和平談判成立之際給你的報酬。」

「哦？」

我胡鬧地學貓頭鷹的鳴叫，心想我絕不上當。

妳打算開出什麼價碼啊？

雖然不管寫了多少金額我都不會心動，然而——

「你仔細看。安哈特王國雖然以極度吝嗇聞名，但在有必要的時候，也願意支付必要的金額。」

亞斯提公爵將羊皮紙遞給我，目睹那估算金額，我以為自己看錯了。

不管數幾次，都比卡羅琳背叛的報酬金還多出一位數。

「……嗯～」

我不禁發出苦惱的聲音。

這金額不差。

豈止是我家領地減稅十年，甚至足夠在我這一代維持減稅政策。

哎，如果減稅變成理所當然的事，會讓下一代家主為難，我不會這麼做就是了。

這金額確實讓人目眩。

沒錯，財慾薰心。

甚至使得勃起消退，小兄弟不再疼痛。

這雖然是好事，但現在可不是繼續胡鬧的時候了。

先等等，暫停一下。

這表示本次任務就是那麼棘手又麻煩。

「之前派法袍貴族們去談判時，對方有什麼反應？」

我冷靜判斷狀況。

安娜塔西亞第一王女回答：

「弱國派來的弱者，言詞不值得信賴。早早離開我們的領地。就這樣，根本沒有談話的餘地。」

「簡單說就是毫無進展吧。」

可想而知。

當下狀況對維廉多夫有利，沒有退讓的理由。

儘管安娜塔西亞第一王女與亞斯提公爵加上我，擊退了兩倍於我方的千名敵兵。

因為那次真的是三者能力綜合疊加而產生的奇蹟，純屬偶然。

在最佳時機擊殺了擔任前線指揮官的雷肯貝兒騎士團長，可說是奇蹟般的勝利。

我想下次絕對不會成功。

我最誠實的感想是，下次恐怕——不，鐵定會輸。

亞斯提公爵反過來揮軍侵略敵國，一時無法消受的維廉多夫這才願意締結停戰條約。

雖然當下還在停戰條約的期間——不妙，期限馬上就要到了。

剩下的時間大概已經不到半年了。

很遺憾，我法斯特．馮．波利多羅也不是笨蛋。

我理解國家當下的處境，也明白距離維廉多夫國境線不遠的自家領地的處境。

這樣下去將走投無路。

我短暫思索。

這樣下去，我的領地也會遭受維廉多夫——那些蠻族的侵略。

亞斯提公爵的五百名常備軍，以及莉澤洛特女王的軍隊，想必會確實遵守與波利多羅家的保護契約吧。

也會願意出兵對抗維廉多夫吧。

話雖如此。

坦白說不值得指望，可以想見這次十之八九會輸。

這樣的預測，在我們三人間已是無言的默契。

那次在維廉多夫戰役中能夠勝利，真的純屬偶然。

三人之中少了任何一人，都會敗北。

就是如此地獄般的戰爭。

「這下要我怎麼做？」

我闔起眼皮，感到幾分煩躁的同時憤然說道。

「就如我一開始說的。趕赴維廉多夫，談成和平談判。最起碼也要十年。」

「十年……我們這邊能讓步的條件有什麼？」

「起初是對方先攻過來，最後的反攻也是我國勝利。最後決定停戰。幾乎沒有退讓的餘地。頂多只能保證歸還亞斯提先前攻進對方國土時掠奪的財產。」

要我用這條件跟人家談判喔？

太難了吧。

因為形式上獲勝了，條件無法輕易退讓，這點我也明白就是了。

啊啊，真是麻煩。

話雖如此。

只能硬著頭皮上了吧。

而且，大概除了我以外——除了在維廉多夫似乎莫名地被視作英傑的我以外，安哈特王國恐怕沒有能與對方談判的人才。

能理解這一點，正是我最大的不幸。

我咋舌發出「嘖」的一聲。

「明白了。就是沒有其他辦法，才會特地叫我來吧。」

「你願意接下嗎？」

安娜塔西亞第一王女鬆了一口氣，舉起手輕撫胸口。

就叫妳不要隔著那層薄紗摸美乳。

會害人勃起啊。

「我就接受吧。不過報酬還請多多擔待。此外，我無法保證絕對能談成。請同時準備談判失敗時對抗維廉多夫的方針。」

「當然了，這點我也心知肚明。要不是那些可惡的遊牧民族，也不會變成這樣。」

照理來說，維廉多夫王國應該也同樣受到北方遊牧民族的侵擾。

我記得根據傳聞，過去與我決鬥而陣亡的雷肯貝兒騎士團長澈底打垮了遊牧民族，讓國家得以喘息並累積國力。

最後就靠著多出來的戰力進攻我們安哈特王國，引發了維廉多夫戰役。

雖然背後想必還有其他算計，總之非常棘手。

「派到維廉多夫的使者只有我嗎？」

「如果可以的話，我希望能親自前往就是了……」

「當然不能讓您親自前往吧。」

派第一王位繼承人深入敵營？

別鬧了。

不過，光只有我一個，品位太低了。

我雖是安哈特王國最強騎士，領民不到三百的弱小領主騎士立場太弱了。

亞斯提公爵則是在反擊維廉多夫時燒殺擄掠，成為了惡名昭彰的「趕盡殺絕的亞斯提」而不適任。

有誰是適當的——

「我願意參加。呃，其實我不願意，真的很不願意，但是叫我來參加這次會面，就是這個意思吧？」

在我身旁的瓦莉耶爾第二王女舉起手。

啊啊，所以這個人也被叫來了。

嗯，不好派出王國繼承人安娜塔西亞殿下，所以派出死了也不礙事的瓦莉耶爾殿下。完全就是這個意思。

雖然就王室的角度來看一點都沒錯，還真是殘酷。

「哎，想必會如此吧。現在的瓦莉耶爾公主，應該也能達成使命。」

亞斯提公爵嘆息道。

正使是瓦莉耶爾第二王女，而副使則是我法斯特·馮·波利多羅。

如此一來論排場就合格了。

「不過，其實我至今依舊反對，可別忘記這點。居然要把法斯特送進敵國。」

「我明白妳反對的立場。其實我也反對。但難道還有其他辦法嗎？」

見到亞斯提公爵的態度，安娜塔西亞第一王女莫可奈何般答道。

哎，當下這狀況，實際上也真的沒有其他辦法。

我在心中同意。

雖然我發自內心不願意。

雖然我反對自己身為副使的立場，也只能同意安娜塔西亞第一王女的判斷。

啊啊，真不想去維廉多夫。

我最後只是在心中如此嘀咕。

第26話 決定賞賜全身鎧甲

「他氣炸了呢。哎呀，最後還是冷靜下來把話聽完了，應該也接受了吧？」
「而且也原諒我了，可喜可賀。」
我卸下了長長的假指甲，將雙手交叉，使勁伸展雙臂。
現在法斯特和他的騎士學徒瑪蒂娜，以及我妹妹瓦莉耶爾已經離席，為了前往維廉多夫而開始準備。
原本坐在我旁邊的亞斯提站起身，把屁股擺到法斯特剛才坐的位子上，深深嘆息。
這傢伙，該不會想用自己的屁股感受法斯特屁股的溫度吧？
應該不至於吧？一旦做出這種事，就逾越了身為一個人的分寸喔？
不管怎麼說都太噁心了吧？
雖然我這麼想，但終究無法停止懷疑。
因為亞斯提是不折不扣的變態。
不過，這也不是本次對話的正題，我先挑起必要的話題。
「果然隔一個月就叫他從自家領地趕來王都，他會生氣啊。正常人都會生氣吧。話雖如此，維廉多夫的問題也不能繼續耽擱下去。」

「雖然現在問太遲了，難道真的別無他法？那些法袍貴族有沒有好好做事啊？」

「當然有。人選也是我挑的。」

母親大人莉澤洛特女王將維廉多夫的相關事務全交由我一手處理。

為了盡可能避免被維廉多夫看輕，選擇了文武雙全的上流法袍貴族。

雖然派遣了這位武官，但對方的對待仍是「弱者的話語不值得傾聽」。

這下子只能派遣對方也無從反駁的「強者」。

法斯特在維廉多夫想必稱得上是強者。

令人憂心的是——亞斯提看穿我的心聲般嘀咕：

「法斯特一定會遇襲喔。我想維廉多夫也不至於夜襲法斯特，但想必會遭遇無數的決鬥吧。」

「一定躲不掉吧。而且還得麻煩他過關斬將。哎，這部分不用擔心就是了。」

只要是一對一的決鬥，法斯特·馮·波利多羅想必能百戰百勝。

根本無法想像那傢伙落敗的樣子。

根據本人所言，唯獨維廉多夫的英傑雷肯貝兒卿曾讓他感受到性命危機。

然而如今那位英傑也已經倒在法斯特劍下。

沒有任何問題。

「可是啊，法斯特不只是武功高強吧？身材嬌小而且肌膚光滑如陶瓷又沒肌肉的男人，才是安哈特王國認為的男性魅力。壯碩的鋼鐵肌肉和身高突破兩公尺的高大身軀，以及身為英傑的武藝。無論哪一點在維廉多夫都是美德，法斯特可說是具萬千魅力於一身。絕對會遭到無數引誘。」

「在維廉多夫一定會被當成完美無缺的性感男神吧。該怎麼說，舉手投足散發性感？正因如此，我們才期待對方會百般禮遇而送他上路，不過……」

坦白說，法斯特的貞操令人憂心。

不過，法斯特是個堅守貞潔的男子。

他應該不會輕易對人張開大腿。

話雖如此，還是憂心。

一想到法斯特可能被人玷汙，就幾乎教人發狂。

但現在已經別無他法。

任命法斯特為使者送往維廉多夫一事已成定局。

門外傳來敲門聲。

「是誰？」

「是我。我端茶來了。」

「喔喔……正好也口渴了。進來吧。」

第一王女親衛隊的親衛隊長進入房內。

她手上的托盤準備了兩人份的茶水。

茶杯擺到桌上後，兩人舉起茶杯。

亞斯提細細品味茶香，再度開口：

「到頭來，妳怎麼看？妳認為維廉多夫會在停戰期間結束的同時出兵嗎？」

「很難說。失去雷肯貝兒卿的影響難以評估。搞不清楚維廉多夫女王的想法，也沒掌握到情報……雖然看起來沒有在備戰。不過那國家一旦決定發起戰事，國民會一呼百應，立刻就能進入戰爭體制。完全不能鬆懈。」

法斯特的功勞實在至關重大。

雷肯貝兒卿。

沒想到居然打倒了惡名昭彰的維廉多夫的怪物。

當代的維廉多夫女王，在她還是第三王女的時代，雷肯貝兒就擔任她的顧問，為對抗遊牧民族而奮戰。

不，豈止是奮戰，可說是徹頭徹尾單方面予以擊潰。

聽說最後甚至讓其中數個部族滅族。

其手段是以魔法的長弓——射程甚至更勝遊牧民族的複合弓——射殺族長與弓兵。

之後便親自打頭陣，率領騎兵突擊，單方面屠殺遊牧民族。

光是從傳聞來判斷，手法本身並非不可能。

畢竟維廉多夫的騎兵，坦白說比安哈特王國的更加強力。

不過，知易行難。

我國無法模仿。

雷肯貝兒騎士團長的弓矢一箭一殺，在戰場上箭無虛發。自維廉多夫流浪至我國的吟遊詩人如此歌頌。

這世上偶爾會出現有如法斯特這類莫名其妙的超人。

法斯特當時殺了她，真是萬幸。

「雷肯貝兒卿的確武藝過人，但是在戰略與政治上也十分優異。我記得她和母親大人同一輩。母親大人曾經對我抱怨，過去時常被當作比較對象。」

「是啊，她教育了當時還只是第三王女的女人，並予以強力的輔佐，最後使之登上女王寶座。」

蠻族維廉多夫的女王，不同於其他貴族階級社會。

更正確地說，維廉多夫這個國家之中，藍血的繼承制度並非由嫡女繼承。

其繼承權由決鬥來定奪。

姊妹之間彼此決鬥，贏家全拿。

敗北的姊妹就要順從並輔佐成為家長者，或者是離開家門。

如此一來彼此毫無遺恨，甚至讓人感覺很乾脆……或者該說，讓人不禁疑惑這種制度能否維持國家運作。

文化和安哈特王國實在差異甚大。

哎，輔佐者能夠維持生計，至於選擇離開家門者，雖然無法再自稱藍血，至少也會保障這些人日後能糊口。

繼承人有這樣的義務，又或者說那已經成為天經地義的常識，不遵守就不被視作藍血。

維廉多夫憑著這種在我們國家看來莫名其妙的價值觀，構築起國家。

哎，和我國一樣，維廉多夫的世代更迭也很快。

大概在家中長姊大概二十歲左右，就會進行貴族家主的繼承。

也因此長姊容易獲勝，愈年輕的妹妹自然也愈容易落敗。

因為年紀還小。

但是，維廉多夫的女王是老么，明明是第三王女卻贏得勝利。

據說當時才十四歲。

可以想見，這也是仰仗雷肯貝兒卿的薰陶吧。

無論如何，只要回想起維廉多夫戰役，心情就不禁陷入低潮。

明明勝利了，卻不時做惡夢。

「欸，亞斯提。維廉多夫戰役時，妳有幾次覺得『我死定了』？」

「次數難以想像。安娜塔西亞的大本營被突襲是第一次，我因此心慌而使常備軍的統率陷入混亂是第二次。在那之後，法斯特決鬥勝利後，雖然自始至終戰況都有利，或者該說若非如此根本打不贏——」

亞斯提輕啜一口茶水，短暫停頓後回答：

「哎，不下三十次。讓我覺得『啊，今天我大概真的會死吧』。畢竟我和法斯特一起待在最前線。」

「這樣啊。」

我意識到自己會死，是在大本營遭到進攻之時。

除了那次之外，還有屢次與最前線的亞斯提失去聯絡時。

我發自內心有所覺悟，這回初次上陣恐怕就是自己的死期。

還不只這兩次，若要細數根本數不清。

真虧我們能打贏那場仗。

正因如此，下次一定贏不了。

我和亞斯提與法斯特三人，無論如何都無法想像戰勝的光景。

然而。

「真搞不清楚維廉多夫的女王有何盤算。失去了顧問雷肯貝兒，現在她已經根本不打算與我國戰爭，又或者是復仇心正熊熊燃燒呢？對於北方的遊牧民族，雖然成功將數個部族滅族，但也並非完全結束。今後她打算如何應對？」

一切成謎。

雖然派人探聽，但維廉多夫的防諜似乎相當優秀。

以目前的狀況來說——我國的法袍貴族也不得其門而入，無法晉見女王，因此情資全無收穫。

「說不定其實是在等我們的反應。」

「什麼意思？」

我詢問亞斯提的意見。
「她也許在等法斯特・馮・波利多羅。」
「怎麼可能。」
難道我們派遣法斯特，其實正合對方之意？
雖然能理解這種可能性。
但對方真的會如此執著於法斯特嗎？
「這很難說。法斯特這號人物，在維廉多夫的價值觀真的是非常特別的存在。容貌體態之完美，戰鬥身姿之美麗，堪稱無暇寶玉。」
「她們想透過這塊玉，捉摸我們的反應？」
「如果她們認為安哈特王國不可輕侮，便打算和平相處。如果被視作名不符實，就重啟戰端。」
聽起來愚蠢至極。
亞斯提吹起笨拙的口哨，以弄臣般的態度說道：
「不過我覺得說不定八九不離十喔？一切都在等安哈特的反應。之後再決定一切！」
「意思是維廉多夫那邊也無法預測我方的下一步嗎？」
「就是這樣。畢竟我們當時終究還是戰勝了。我國的復仇也讓我被維廉多夫稱為『趕盡殺絕的亞斯提』。」
並非奪走土地。

亞斯提襲擊了維廉多夫的許多村莊，燒殺擄掠，夷為平地。

她在維廉多夫留下的惡名非同小可。

哎，維廉多夫也對安哈特幹過差不多的事情，只是正當的報復罷了。

「現在安哈特為了防範北方的遊牧民族，讓大多數王軍鎮守該處。各地方領主的軍務也是。所以無法派遣大量軍力提防維廉多夫。」

「維廉多夫也明白這一點。所以我擔心會重啟戰端。」

「但是，維廉多夫的雷肯貝兒卿曾經將遊牧民族殺得片甲不留，她們不至於認為安哈特絕不可能辦到同樣的事。」

「唔嗯。」

就像我們無法澈底理解維廉多夫的一切，對方也無法理解安哈特的一切。

這我能理解。

「所以呢？」

我追問亞斯提。

「所以啦，靜觀其變。一切端看法斯特．馮．波利多羅。維廉多夫女王正等著親眼見到他，以決定今後的一切。我覺得這預料大概八九不離十。」

「唔嗯～」

也許真是如此。

即便是世上罕見的魔法師，也無法看穿對方的想法。

唯一的判斷根據——就是維廉多夫女王當初置身英傑雷肯貝兒的庇護下，從年幼時期構築起的價值觀。

「見過我們安哈特王國的英傑法斯特·馮·波利多羅，然後再決定一切？」

「是啊。換作是我，就會這麼做。」

亞斯提說，假使自己是維廉多夫女王就會這麼做。

模擬她的思考，最後抵達這個結論嗎？

我的顧問，我的左右手亞斯提啊。

這次就承認妳的足智多謀吧。

「既然如此，更不能讓法斯特穿得一副寒酸的模樣。」

「妳說那身鎖子甲？」

過度注重排場而缺錢的貴族一點都不稀奇。

而弱小的領主騎士法斯特是真的稱不上富裕。

所以他才會只穿著鎖子甲。

「用我的歲費打造那傢伙的溝槽鎧甲吧。還要讓宮廷魔法師附加輕量化與強度提升。」

「趕得上嗎？距離派出使者已經沒剩多少時間了。」

「要動員幾名鍛造師都可以。一個月內要趕上。」

根本是胡來。

亞斯提露出這種表情。

但有其必要。

讓我國的英傑法斯特穿著鎖子甲與維廉多夫女王會面，從亞斯提的見解來看絕非上策。

就用我充裕的歲費為他打造一套鎧甲吧。

這樣正好。

因為事關重大，財政官僚無從置喙，還能買到法斯特的好感度。

「我說安娜塔西亞，妳是不是覺得能用這招買到法斯特的好感度？哎，法斯特的好感度是能用錢買沒錯啦。但他可不會連心底深處都賣給妳喔。」

對於第二王女顧問法斯特，王室給了他一棟別墅。

亞斯提時時監視著那座別墅，澈底理解法斯特的嗜好與傾向——儘管在挽救瑪蒂娜性命一事上，她還是錯估了法斯特的個性——這樣的她如此忠告。

不過，就算她這麼說。

「我覺得有這個必要。而且我是不是被法斯特討厭了啊？」

「不，我認為他確實把妳當作戰友喔。雖然是妳把他派到最前線。但法斯特並非不明白安娜塔西亞也有難為之處。但是妳這個人就是可怕啊。」

「可怕？哪裡可怕？」

我不懂亞斯提的意思。

「眼睛可怕。」

「也不至於因為這樣就被他討厭吧！」

「事實上妳妹瓦莉耶爾直到最近都一直很怕妳啊！」

妳很會說嘛。

「那是瓦莉耶爾的問題！她還真的從小時候就怕我！雖然最近反過來喊我姊姊大人又莫名跟我親近，很可愛就是了。」

「喔喔，原來妳也會覺得妹妹很可愛。姊妹關係有所改善真是萬幸。」

亞斯提一副傻眼的表情，如此評論我和瓦莉耶爾的姊妹關係。

少管閒事。

畢竟是出自同一個父親，血脈相連的妹妹。

一旦承認了這一點，當然令人疼愛。

畢竟我很久以前就知道，瓦莉耶爾根本不打算與我爭奪王位。

將來也用不著把她趕到修道院，為了讓她繼承某個世襲貴族家，我也打算好好送她離開王宮。

這是我最起碼的愛情。

「哎，無所謂，懶得爭了。總之妳要是送法斯特一套帶有魔法的溝槽鎧甲，法斯特當然會歡天喜地。但妳最好不要以為他就會因此獻身喔？」

「誰會這樣想！」

誰會有這種下流無恥的念頭。

我只是想趁這個好機會，爭取法斯特的好感罷了。

同時順利推展與維廉多夫的和平談判。

只是這樣罷了。

安娜塔西亞第一王女長嘆一口氣，將杯中已經完全轉涼的茶水一飲而盡。

第27話 魔法鎧甲的製作情景

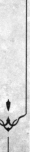

第一箭來自六百公尺遠。我記得正好是我砍倒攔路騎士的時候。
我幾乎是靠反射動作舉劍，用劍柄擋下飛向我的箭矢。
如果不擋，那一箭會射穿我身著鎖子甲的胸膛，使我當場斃命吧。
輕微的痠麻殘留於手臂，顯示那一箭的威力有多麼強烈。
「那邊嗎？」
我掌握了方向。
該葬送的敵人就在那裡。擊殺那名前線指揮官就有機會讓我脫離當下的死地。
戰場的直覺如此催促著我。
愛馬飛翼也將鼻頭轉向該處，屢次催促我「在那邊，在那邊」。
在戰場上，飛翼比我聰明。
而且騎士與座騎兩者意見一致。
我默默遵從飛翼的直覺。
放聲吶喊。
第二箭。

我揮動巨劍砍落。
真礙事。
這射手的身手是怪物級啊。
不由分說般，力道剛猛的箭矢朝額頭直射而來。
但這不管用。砍落箭矢是超人的常識。
如果辦不到這點事，在戰場上怎麼可能倖存。
我回憶起過去的軍務中，山賊理所當然持有十字弓的經驗。
為何區區山賊會持有十字弓？
該不會是無法繼承家名的落魄藍血吧？
雖然我感到疑惑，但現在不重要。
十字弓！
我的嘶吼聲響起。
我的五名領民從士，手持在過去的軍務中自敵方奪取的十字弓朝敵人放箭。
刺穿鎖子甲，五名維廉多夫騎士倒地不起。
十字弓果然十分強力。
第三箭。
煩死人了。
以巨劍劍柄擋下。

第四箭。

第五箭。

第六箭。

第七箭。

第八箭。

給我適可而止喔。

山賊放的箭只是煩人，但這箭矢強勁得令人害怕。

我以巨劍的劍身和劍柄擊落箭矢。

儘管身上沒有鳶盾，我根本不需要那種東西。

憑著先祖代代相傳的一柄巨劍就能擊落箭矢。

這弓兵是怪物啊。

和我同屬超人吧。

我懷抱著這種感想時，對方最後大概理解只是浪費力氣——不，單純只是我抵達了放箭之人的位置。

沒過多久，我和麾下領民們，抵達了敵方騎士團的中樞。

「維廉多夫騎士團長！我要求決鬥！」

我高聲挑戰。

回應的我是長弓射手，維廉多夫的騎士團長——雷肯貝兒卿。

啊啊，她真是強悍。

無庸置疑是維廉多夫的英傑。

在我畢生交手過的騎士中，毫無疑問是最強的對手。

如果差一年。

如果早一年與她交手，最後輸的恐怕是我。

憑著區區一年的鍛鍊與技巧之差，我獲勝了。

又或者是如果她的才能並非偏向身為指揮官的軍事能力，而是像我這樣澈底鍛鍊武藝的話。

想必最後的輸家是我。

單論才能的多寡，毫無疑問是她在我之上。

我對身旁的瑪蒂娜如此透露。

「這的確是堪稱英雄頌歌的事蹟，也是英傑之間的決鬥。但為何突然提起？」

「沒什麼，只是閒著。」

我現在人在鍛造場。

我帶著騎士學徒瑪蒂娜來到鍛造場，向瑪蒂娜解釋維廉多夫戰役時的雷肯貝兒卿是何等的強敵。

商人在我眼前鼓掌。

英格莉特商會。

安娜塔西亞殿下為了準備給我用的溝槽鎧甲，指名了我的專屬商人英格莉特商會。展現了慷慨大方的體恤。

英格莉特接到大筆訂單，現在心情愉快。

「哎呀～雖然收費上我打了不少折扣，但要準備一整套的溝槽鎧甲，總價還是相當昂貴。而且居然願意預先付清全額，真不愧是第二王女顧問波利多羅卿。」

「這次的金額全都從安娜塔西亞第一王女殿下的歲費中支出，所以和第二王女顧問沒什麼關係。」

我如此回答英格莉特。

她大概從來沒想過，安娜塔西亞殿下會找她訂購我要穿的溝槽鎧甲吧。

而且鎧甲費用不包含在本次的成功報酬中。

這次我真的得好好感謝安娜塔西亞殿下。

一直以來包裹我這超過兩公尺的高壯身軀的鎖子甲，現在也日漸破損。

哎，副使若裝扮寒酸也會出問題吧。

若是維廉多夫以外的國度，穿禮服就好了。

不過在維廉多夫，武官的禮服就是甲冑。

沒有相襯的行頭可不行。

「話雖如此，要在一個月內趕工打造，只靠平常那位鍛造師實在人手不足。除了平常保養整修巨劍與鎖子甲的男工匠外，還找來了許多女工匠。」

「那無所謂。畢竟是英格莉特介紹的。技術想必值得信賴吧。」

目前裝備於我胯下的貞操帶。

當時為我打造這玩意兒的男工匠，我平常都拜託他保養我慣用的巨劍與鎖子甲。

不過這次不能如此。

時間不夠讓一名工匠打造一整套鎧甲。

我在女工匠的環繞下，被她們觸摸身體各處並測量尺寸。

她們有著工匠的厚實手掌，讓我感受到身為鎧甲工匠的熱量。

「既然尺寸已經量好了，我可以回去了吧？」

「不行不行，因為時間不夠，還得配合您的身體持續調整。」

「於是整整一個星期，天天都來鍛造場報到。」

哎，這也沒辦法。

雖然我心裡明白，時間被如此占用還是令人心煩。

於是閒得發慌的我，向隨侍身旁的瑪蒂娜講述在維廉多夫戰役中的回憶。

我的目光飄向一旁，不同於閒著的我，看起來忙碌至極的宮廷魔法師正在將魔術刻印施加於即將用來打造板甲的板金上。

附加咒文——附魔的準備工作。

仔細一想，我這輩子還是第一次見到魔法師。

魔法師在這世界上是非常貴重的人才。

魔法完全是先天能力，無法後天激發。

比例上大概是一萬人之中會出現一人吧。

就是這麼稀少。

不過，魔法是真的存在。

就像我掛在腰際的這柄，自祖先代代相傳的魔法巨劍。

「我還是第一次見到魔法師。」

瑪蒂娜小聲說道。

瑪蒂娜過去在千人規模的城鎮生活，想必同樣沒見過吧。

除了公爵家例外，一旦被發現擁有魔法能力，宮廷都會強行徵召。

至於魔法師的尋找方法非常簡單。

只要把手擺到魔法寶珠，也就是水晶球上頭，看水晶球有無發光反應。

水晶球則由各地方領地的教會保管。

我的領地波利多羅領當然也有。

當然了，雖然無須贅述，我沒有魔法師的才華。

在我懂事的五歲時確認過了。

區區三百的領民之中也沒有。

哎，就算真的有，也會被王宮徵召。

不過，家人和領地會拿到優渥的報酬金。

而且魔法師本人的待遇也不一樣。

首先，無論出身奴隸或平民，總之待遇就是終身貴族的新家主。

當然，無論本人是否願意，將之栽培為魔法師與貴族的斯巴達教育會馬上開始。

講白了，嚴苛程度和我接受的騎士教育大概不相上下。

不過我對亡母沒有一絲怨言。

哎，總而言之。

魔法師非常稀少！

而現在就有位魔法師在我眼前。

雖然我很想趁這機會攀談……

「這塊板金，絕對不可以裁斷喔！打造鎧甲時不要裁斷喔！裁斷我就要殺人嘍！這可是我這星期犧牲睡眠、用餐與拉屎以外的所有時間，好不容易才完成的魔術刻印喔！妳們應該明白吧！」

女魔法師小姐氣炸了。

現在她正大發雷霆。

「一個月根本是強人所難！要我一個人花一個月就在整套鎧甲上刻完魔術刻印——不對，考慮到加工時間連半個月都不剩！不要太過分喔，安哈特王室！人還是有極限的好不好！工程管理絕對有疏失吧！在這種狀態下，我還要負責品質管理喔？安哈特王國難道沒有勞務管理這個名詞嗎！」

氣得像是吃了炸藥。

這樣子也沒辦法與她攀談。

萬一她咄咄逼人說「這一切都是你害的」我也無法反駁。

我可不想惹禍上身。

「我要去吃飯了。在我回來之前，給我先準備好下一塊板金！」

氣呼呼。

女魔法師就這麼從我眼前離開了。

我還不曉得她的名字。

算了，無所謂。這類人物往後也不會與我有瓜葛。

魔法師就是這麼稀少。

「她看起來非常生氣呢。」

「對啊，很生氣耶。」

聽瑪蒂娜這麼說，我便點頭同意。

畢竟一個月要打造整套附魔的溝槽鎧甲，實在是強人所難的要求。

因為是安娜塔西亞第一王女的要求，大家才會不情不願地照辦吧。

身為原因之一的我也感到歉疚。

但是這迫於無奈。

在維廉多夫，鎧甲才是武官的禮服。

於立場上，絕對不能被對方看輕。
必須準備一套高級西裝。
然後讓和平談判就此成功。
相較之下，如果能提升成功機率，一套鎧甲也算不上什麼。
恐怕安娜塔西亞殿下就是這樣想的。
至於被牽連的鍛造師與魔法師，我只能說辛苦你們了。
我深深地嘆息。
「我有很多事情想問魔法師就是了。」
「可以告訴我您想問什麼嗎？」
英格莉特在我眼前擺出不可思議般的表情。
……也沒必要遮掩。
「那個……是否有故事中那樣，自由使喚火焰、光芒或煙霧的煙火師，或者是使喚超自然現象以擊敗敵人的魔法師呢？」
魔法師的存在包覆在謎團之中。
那存在能使喚何種力量？
說不定甚至能輕易凌駕於我的戰鬥能力之上？
對於擁有前世的我，不禁心生這般期待——
不禁對這種中世紀奇幻世界中的魔法師抱有期待。

「……就我所聽聞的，不可能辦到這種事。」

英格莉特語氣遺憾地回答。

她微微搖頭。

「魔法師的主要工作是製作通訊用的魔法水晶球和望遠鏡等輔助道具與魔法道具，以及像這次的工作，對武器和防具附加魔法。像虛構故事中那樣自由使喚超自然現象以擊潰敵人這種事，雖然遺憾但不可能發生。」

英格莉特接著說：

「至於要與超人——世人如此稱呼波利多羅卿這等存在，要和這樣的存在相抗衡更是不可能。哎，雖然魔法師是很稀少沒錯。也需要魔法力與知識。像是製作剛才列舉的輔助道具、通訊器與望遠鏡，這些足以左右戰局的道具。但沒有直接的戰鬥力。」

英格莉特如此斷言。

我有些遺憾。

看來魔法師不可能擁有我在前世的世界讀過的那種古典奇幻中的力量。

哎，畢竟史書上也不曾記載一人就與軍隊匹敵的魔法師嘛。

雖然早就知道，但還是有些難過。

畢竟是魔法啊。

現代日本人的知識與價值觀在我身上仍有些微殘留，對此心懷期待也是人之常情吧。

我對自己如此辯解。

「哎，雖然可以想見。這樣啊，真遺憾。」

我對英格莉特吐露真實的心聲。

真的很遺憾。

《魔戒》永遠長留我心。

這不能怪我吧？

我對自己如此辯解。

「話說這次的溝槽鎧甲會是什麼設計？」

「雖然非常難以啟齒，關於頭盔部分，您能接受水桶型嗎？」

「水桶型？」

理想當然是現代頭盔那樣，使力道彈開或滑開的弧線形狀。

雖然還相當原始，這世界上已經有傭兵用的火繩槍了。

「也就是所謂的巨盔。實際上頭盔底下可能要請您先披上鎖鏈頭罩——也就是鎖子甲的頭盔版。」

「我不喜歡。溝槽鎧甲配桶盔也太土氣了吧。」

而且視野會變窄。

鎖子甲裝備的優點。

那就是視野寬敞與重量輕盈。

因為不戴頭盔。

而巨盔的缺點。

就是視野狹小，以及重量壓向肩膀與脖子，甚至降低攻擊速度。

哎，以我的身體來說，戴上頭盔也沒有太大差別就是了。

「……坦白說，時間來不及打造構造複雜的頭盔。況且英傑波利多羅卿真的需要全身鎧甲嗎？唯獨頭盔可自由穿戴，坦白說沒有頭盔，您在戰場上也更容易發揮身手吧？」

「說得好像妳很懂啊。」

我對英格莉特發出傻眼的感想，不過她或許也沒說錯。

我本來就覺得在戰場上有鎖子甲已經很夠了。

除了與雷肯貝兒卿交手時，我不曾渴望擁有一套全身鎧甲。

巨盔啊。

如果可以自由穿戴的話，也能算是不錯的選項。

「至於巨盔的重量這缺點，也能靠魔法師的附魔來解決。這次是為了波利多羅卿著想而如此判斷。希望您諒解。」

「可以啊，就這樣。之後應該能做一頂溝槽式的頭盔吧？」

「是的。更換非常容易。在波利多羅卿啟程後，我一定會先請人打造。」

之後能夠更換就好了。

哎，我不覺得有這必要就是了。

我先答應下來，為了接下來無聊的時間而嘆息。

交談對象只有瑪蒂娜。

她可不是需要我仔細講解何謂騎士精神的小孩子啊。

我開始認真考慮，乾脆在鍛造場開始為瑪蒂娜進行劍術指南。

第28話 安哈特王國不配擁有

安哈特王國不配擁有。
美與憤怒的化身，法斯特．馮．波利多羅。
身形正氣凜然，無雙神力高舉沉重巨劍，不讓巾幗。
剽悍駿馬風馳電掣，縱橫戰場如烈火。
精壯軀體中憤怒血潮澎湃如太陽。
靈魂遭陽光融化之人，因美麗而忘卻戰鬥，最終死於忘我之中。

法斯特．馮．波利多羅。
憤怒的化身。
法斯特．馮．波利多羅
烈火的化身。
法斯特．馮．波利多羅
配得上我維廉多夫的永遠勁敵。
擊敗我等敬愛的——

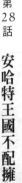

維廉多夫史上至高英傑雷肯貝兒卿的男騎士啊。

「又是法斯特・馮・波利多羅的英傑頌歌啊。最近還真流行。」

「實際上也確定派他擔任使者拜訪我國了。想當然會蔚為話題。吟遊詩人也是做生意的，不會放過機會。」

維廉多夫王都。

兩人走在王都街道上，看向在街頭歌唱的吟遊詩人，如此交談。

維廉多夫的貴族，武官與文官。

雖然職務不同，兩人交情深厚。

兩家關係也親近，如果彼此家中出了男子，大概會送到對方家裡當夫婿吧。

不過很遺憾，彼此的家族中只有姊妹。

這也無妨，日後娶同一個男人當夫婿也不錯。

文官這麼想著——歪過頭問：

「實際上又是如何呢？身高超過兩公尺，渾身肌肉的身形，正氣凜然的臉孔，最重要的是打倒了我們的英傑雷肯貝兒卿。實在超乎想像。真的是人嗎？」

方才的英傑頌歌中的存在。

如果一切都屬實，那絕非人類。

豈只是超人，根本是魔人之輩。

不，實際上也有傳聞道，我們的英傑雷肯貝兒卿在與他決鬥時，曾經向他求愛，並且希望獲勝時他能成為第二夫人。

究竟有多少是事實——哎，只要直接問就明白。

雖然身旁的武官一直以來三緘其口。

「就如妳所知道的。我在安哈特戰役——在敵國稱為維廉多夫戰役，也許是勝利者的命名才正確。當時我就在雷肯貝兒卿身旁，身為騎士團的一員而參戰。」

「我知道。」

終於能聽妳道出真相了嗎？

文官一直很想問。

每次話題一轉到維廉多夫戰役，這位好友總是突然閉口不語。

不管問幾次都一樣。

上頭大概對參戰者下了封口令吧。

也許是封口令已經解除了。

文官在腦海中揣測宮廷的意圖。

安哈特王國並未玷汙雷肯貝兒卿之死。既然法斯特・馮・波利多羅遵循禮儀，當場加以讚賞並歸還首級——

讚揚強者，是我們維廉多夫的文化。

為何宮廷要下令絕口不提？

「那不是妳說的那種勇士的英勇剽悍。堪稱是魔人。」

「果真並非超人，而是魔人嗎？。」

「畢竟名號是美麗野獸啊。不是超人而是魔性之人。」

武官突然停下腳步，視線轉向路旁的酒館。

「喝一杯吧？」

「幾杯都好。只要能聽妳講這段故事，今天我付帳。」

「那我可要喝到盡興喔？今天也沒事要忙了。」

武官毫不客氣地推開酒館大門，在店內一張小桌子旁坐下。

「兩杯麥酒！」

她對老闆喊道，繼續剛才的話題。

「首先讓人瞠目結舌的是那男人在戰場上打倒我們騎士團之一，並且報上名號時。」

「我記得傳聞中是『吾名為法斯特．馮．波利多羅。自認有本事的就放馬過來！我奉陪！』……是吧？」

「封口令根本沒意義啊。宮廷為何要白費這番工夫。」

看來無意間突然打斷了話題。

那是打從英雄頌歌，也就是與雷肯貝兒卿的決鬥開始就有的傳聞。

武官「嘖」地咋舌。

「既然知道，解釋起來也方便。我當時就跟隨在雷肯貝兒卿左右。遠遠望過去也能一眼分辨的壯碩身軀，響徹整個戰場的咆哮聲。雖然身上穿著下級貴族的鎖子甲——但那姿態美如太陽。」

「是真的美？」

「是啊，該說是非人的美感吧。臉龐充滿憤怒之色，安哈特那群陷入混亂的豆芽兵之中，唯獨他一人明白當時安哈特軍中了雷肯貝兒卿的計，身陷死地。」

彷彿想逃出沉沒船隻的貓。

不過那其實不是貓，而是一頭猛虎。

兩杯麥酒送上桌。

「大概是反射動作吧，雷肯貝兒卿以魔法長弓朝那太陽般的男人的胸膛一箭射去。」

「然後呢？」

「箭矢被打落了。用巨劍的劍柄部分。」

「劍柄？這樣就打落雷肯貝兒卿的箭？」

雷肯貝兒卿的箭矢過去曾讓北方蠻族——掠奪民族的好幾個部族因此滅族。

其全力一擊豈止是一箭一殺，甚至有一箭射落三顆人頭的傳說。

輕易顛覆了這等傳說嗎？

「之後法斯特又連斬了三人吧？我記不太清楚了。因為他隨手打落雷肯貝兒卿接下來的第二、第三、第四箭，那印象實在太過強烈。」

「難道法斯特身上被施加了避矢的咒文嗎？」

「也許吧。就算神已如此決定他的命運，我也不驚訝。」

武官喝乾了麥酒。

要店員再來一杯，她繼續對話：

「光是這樣，就能分辨他是絕非凡夫俗子的超人。不過，最驚人的還是在他出現在雷肯貝兒卿眼前——也就是我們眼前時。」

「究竟是個什麼樣的人物？」

「英雄頌歌的內容一切屬實。唯一的差別就是，那男人身上的軍裝實在配不上他，只是一套寒酸的鎖子甲。唯獨刻著魔術刻印的巨劍大放異彩而格外醒目——」

武官搖搖頭。

「不，就連那只穿鎖子甲的身影都很美麗。既沒有頭盔也沒有盾牌。軍裝只有鎖子甲與巨劍，再加上就算是在維廉多夫也十分罕見的『驃悍』而迷人的駿馬。只憑這些，那魔人便出現在雷肯貝兒卿面前。」

雖然武官還沒有察覺。

不知不覺間，酒館所有人都陷入沉默，靜靜聽她述說。

酒館老闆也不例外。

「那魔人將巨劍朝天高舉，在太陽下高喊：『維廉多夫騎士團長！我要求決鬥！』」

「雷肯貝兒卿怎麼回答的？」

「與他約好一個條件後，答應了決鬥。」

武官喝乾了第二杯麥酒。

再來一杯！她高舉空杯，放聲喊道。

老闆連忙親自送上下一杯麥酒。

不想讓武官的話說到這裡停止。

「約定了什麼？」

「如果我勝利了，你就要成為我的第二夫人，就這樣。」

「那不是和英傑頌歌的內容完全一樣嗎？難道真的那麼美？」

「那可不是美不美的境地。我剛才不是說了嗎？他是魔人。」

武官的臉靠向我，在我耳畔悄聲說：

「老實說，我胯下也濕了。真沒想到世上有這麼美的男人。」

「真有這麼誇張？」

「就是這麼誇張。」

武官拉開了剛才貼近的臉，繼續往下說。

剛才的悄悄話，雖然臉已經拉近，恐怕還是傳到了整個酒館的客人與老闆耳中。

這武官從小嗓門就很大。

「該怎麼形容那股美感才好啊。隔著鎖子甲也看得出底下那身自幼鍛鍊的鋼鐵肌肉。正氣凜然的臉孔面紅耳赤。在開始決鬥前，朝四周瞪視的高壓眼神。那還是我有生以來第一次被男人從上方俯視。」

武官身高約一公尺九十公分。

可以想見法斯特與其座騎有多麼高大。

若要輕易超越那壓力，唯獨身高兩公尺二十公分——而且渾身散發的魄力更勝於法斯特的我國英豪雷肯貝兒卿吧。

「那真的十分美麗。一次就好，真希望能與那男人同床共枕……哎，那種機會——」

「這部分不重要。和雷肯貝兒卿的決鬥過程呢？」

我想問的是那部分。

武官因為話被打斷，有些不開心地仰頭灌酒。

周遭眾人也吞下口水，屏息傾聽。

「很美啊。就這樣。」

「啥？」

「不然還能怎麼描述？『靈魂遭陽光融化之人，因美麗而忘卻戰鬥，最終死於忘我之中』。剛才的英傑頌歌不也這樣唱嗎？」

武官以捉弄般的語氣說道。

這傢伙不打算詳述當時的經過啊。

我不由得加重語氣。

「我說妳啊，我們是好朋友，講給我聽也無妨吧？」
「讓我考慮看看啊。」
「別再吊人胃口了。妳不講的話，酒費自付喔。」
我喝了一口自己的麥酒，用不愉快的眼神直盯著武官。
「沒辦法，就說給妳聽吧。首先雷肯貝兒卿把魔法長弓交給我，要我去拿她的斧槍。」
「就是傳聞中，雷肯貝兒卿用來斬殺數十遊牧民族的利器。」
和魔法長弓一樣，是經宮廷魔法師附魔的武器。
據說是強化鋒利與耐用度。
「論武器長度，是雷肯貝兒卿有利。鎧甲也是。聽聞法斯特只是領民不足三百的弱小領主騎士，裝備也只有鎖子甲，而雷肯貝兒卿穿的是刻滿魔術刻印的強力鎧甲。當時在我眼中，儘管法斯特美得嚇人，甚至堪稱魔性，但我還是對雷肯貝兒卿的勝利深信不疑。」
「這是當然的。」
裝備差距未免太大了。
而且實際功績也差距甚大。
體格也不及維廉多夫的最強騎士雷肯貝兒卿。
更何況法斯特・馮・波利多羅這名號，是在維廉多夫戰役才首次聽聞。
雖然之後才透過英雄頌歌得知，他曾在軍務中斬殺百餘山賊。
但雷肯貝兒卿累積的戰功更加輝煌。

即便讚頌他曾斬殺無數嘍囉，與雷肯貝兒卿相較之下也不值一提。

在維廉多夫立下的功名更勝雷肯貝兒卿的騎士根本就不存在。

「但是，雙方平分秋色。那次決鬥，直到途中都平分秋色。」

「當時狀況究竟如何？我想問的就是這個。」

「雖然法斯特的巨劍施有魔法，還是無法割開同樣經過附魔的雷肯貝兒卿的鎧甲。在沒有裝甲保護的皮膚上，也不曾劃出任何傷痕。另一方面，雷肯貝兒卿的絕大多數攻擊也被法斯特以巨劍化解。」

兵刃相接不知幾十，幾百回合。

就連過了多久都記不得了。

武官高喊再來一杯麥酒，要求續杯。

老闆連忙再度送上麥酒。

「有幾個瞬間，我甚至產生了雷肯貝兒卿已經勝利的錯覺。法斯特的肉體也曾被斧槍劃過而迸裂，鎖子甲斷裂的鎖鏈伴隨著血珠朝四周飛濺。一次又一次。但是傷口都太淺，不至於致命。他精準判斷攻擊範圍，不斷招架斧槍的攻擊。」

「……法斯特還真的是魔人啊。」

雷肯貝兒卿。

死後依舊不損英名的我國英傑。

以其魔法長弓射穿北方棘手侵略者的族長與弓兵，親自在最前線率領騎兵突擊，殲滅了數個遊牧民族之部族的女人。

那英傑之名，想必將在維廉多夫流芳百世。

「雷肯貝兒卿的敗因是疲憊。」

「疲憊？」

「歷經數百回合的廝殺，雷肯貝兒卿終於體力不支了。儘管她是維廉多夫首屈一指的超人，年齡已過三十。身上鎧甲的魔術刻印完全撇除輕量化，而是澈底提升強度，最後體力支撐不住。」

雷肯貝兒卿，終究也是血肉之軀啊。

「另一方面，法斯特穿的是輕便的鎖子甲。更重要的是他還年輕。不，只把年齡當理由也不對。反倒該說雷肯貝兒卿因為經驗老到，才能支撐那麼久。尋常騎士恐怕第一回合就會死於巨劍之下。最後——」

武官充滿感觸，輕閉雙眼。

「法斯特的巨劍朝著魔術刻印效果較弱的頸部劈落。這一劍便結束了決鬥。」

「那一擊，就是雷肯貝兒卿的終點嗎？」

「是啊。」

武官留意著麥酒的剩餘量，結束她的回憶。

封口令已經解除。

終於能對人吐露這一切。

她的神情表明這般心境。

「……法斯特氣喘吁吁……把巨劍收進背上的劍鞘中，全身是血，身上穿的鎖子甲變得破破爛爛，一副滿身瘡痍的模樣，臉上則轉為才剛歷經生死決鬥的疲憊表情。他小心翼翼地從地上拾起雷肯貝兒卿的首級，詢問誰是副官。」

「就是妳吧？」

「沒錯，就是我。」

雷肯貝兒卿的副官。

那名騎士團副團長，正是眼前這位武官。

「法斯特開口說：『強悍的女人。更勝我過去遇見的任何騎士，任何戰士。我這輩子都不會忘記這場戰鬥吧。』語畢的他便以雙手捧著頭顱，鄭重交到我手上。」

「甚至不怕當場被亂劍砍死啊……」

「是啊，毫無懼色。雖然那男人理解我們維廉多夫的價值觀……」

我國的英傑雷肯貝兒卿被殺了。

也難保怒上心頭而嘗試報復的無禮之徒絕不會出現。

但是法斯特・馮・波利多羅毫無懼色。

「事情就到這裡了？」

「是啊，到此為止。他帶著和我們一樣只是守候決鬥結果的領民，返回自軍陣營。」

酒杯之中已空無一物。

但這時的武官沒有要求添酒。

「真是超乎常理啊，法斯特・馮・波利多羅這男人。」

「我不是說了？那真是魔性之男。」

往事就說到這裡。

不過還有一點令人好奇。

「雷肯貝兒卿的屍身之後怎麼了？我們得知她的逝去，是在維廉多夫戰役結束後了。」

「畢竟是戰敗。她的遺體無法在遊行後風光下葬。我們的英傑，即便成為戰敗的原因，也不可能有蠢蛋會因此責難她。就算加上維廉多夫戰役的敗北，她的活躍還是給國家帶來莫大的利益啊！」

武官「嘖」地咋舌，同時看向一滴不剩的麥酒。

再來一杯！

老闆立刻反應，送上新的一杯。

「雷肯貝兒卿的遺體，在她的家族、我們騎士團，以及女王陛下的守候下，寧靜但是莊嚴隆重地安葬了。總有一天，妳也去參訪吧。」

「那當然，畢竟是我們的英傑……」

文官喝了一口麥酒。

不知怎地傷感了起來。

應當讚揚最終戰勝的法斯特。

但失去雷肯貝兒卿，令人感到純粹的悲傷。

「在那之後，雷肯貝兒卿的家族怎麼了？由姊妹繼承家主位子嗎？」

「不，雷肯貝兒卿對家族同樣是榮耀。姊妹們所有人都拚命求情，希望把家主讓給她的獨生女繼承，雖然目前由姊妹們代理，但最後會由獨生女妮娜大人繼承。」

「妮娜大人啊。」

那真是再好不過。

畢竟是繼承了雷肯貝兒卿血脈的女兒。

想必將來會成為英傑吧。

「那麼，雖然晚了一段時日，為我們的英傑雷肯貝兒卿乾杯。」

「也為了將來的英傑妮娜大人乾杯。」

維廉多夫的文官與武官兩人以酒杯輕碰，隨後喝乾杯中麥酒。

第29話 缺陷品卡塔莉娜

自從我——法斯特·馮·波利多羅與安娜塔西亞殿下約好要前往和平談判之後，已經過了一個月。

等待已久的鎧甲終於完成了。

在這一天前，我天天都來鍛造場報到。

結果我閒得發慌，天天與瑪蒂娜進行劍術鍛鍊。

「感想怎麼樣呢？第二王女顧問波利多羅卿。」

英格莉特的說話聲。

我從視野稍嫌狹小的巨盔中，看向那張臉龐。

視野果然狹窄。

不過相當牢固。

我曾試著用自己的巨劍隨手給予一擊當測試，結果毫髮無傷。

哎，內部的衝擊力想必不小，不過到時候裡面的人是我，反正也傷不了我。

施加的魔術刻印似乎充分發揮了效果。

前些日子在製造現場大動肝火又大發雷霆的宮廷魔法師走向我。

「這個就順便給你吧。」

這應該是馬具吧？

這塊質地厚實的布料看起來像馬鞍，但是尺寸大到足以遮蔽我的愛馬飛翼的全身。

上頭密密麻麻地畫滿了魔術刻印。

從這塊赤紅的厚布，可以感受到馬鎧般的牢固。

「我去看了你那匹正在放牧的馬。好像叫飛翼是吧？那真是匹好馬。危急之時，這塊布一定能保護你的馬吧。要好好珍惜。」

花上半個月為全身鎧甲的板金刻完魔術刻印後，我還以為她已經休假去了。

原來她一直在為我的愛馬飛翼製作護具啊。

抱歉了，魔法師。

因為之前妳老是破口大罵又屢次發飆，讓我發自內心誤會妳了。

我默默對魔法師低頭致謝。

這麼一來，我和飛翼的裝備都齊全了。

至於飛翼，牠目前正在王都郊外的牧場放牧，自由自在地奔跑。

雖然我也想為了繁衍飛翼的後代，馬上把牠送到亞斯提公爵領。

然而這次的和平談判更加優先。

送去繁殖得在這之後。

亞斯提公爵應該能準備體面的駿馬，但若問能否超越愛馬飛翼，對我來說絕對不可能。

「不過，這水桶頭盔實在不搭。哎，雖然之後還是會作溝槽頭盔。」

果然這頭盔看起來不太上相吧？

不，問題不是桶盔本身帥氣與否。

而是配上這套溝槽鎧甲，顯得有些格格不入。該說是顯得頭重腳輕嗎？

總之就是不相配。

不過，這裝備是真的不錯。

撇開視野受限不談，牢固程度堪稱完美。

「我倒是還滿中意的。」

「不，還是會造個好看的頭盔給你。不過是在你出發之後了。」

魔法師如此回應。

那妳就為我祈禱吧。如果對方高喊「為雷肯貝兒卿復仇！」而把我亂刀砍死，妳就白費工夫了。

哎，我也非常明白，就維廉多夫的文化而言不會發生這種事。

但是無論何事都有例外。

應該先做好心理準備。

「各位都辛苦了。」

我發自內心說道。對每一位鍛造師、魔法師、應該要忙著做生意卻從頭陪伴到尾的英格莉特，以及現在躺在草地上，呈現大字形的瑪蒂娜。

「這段地獄般的日子終於要結束了嗎？」

瑪蒂娜開口說道。

歷經劍術鍛鍊後筋疲力竭的聲音。

這段日子明明就很開心吧？

至少我覺得很開心。

不是因為欺負瑪蒂娜。

這孩子成長速度異常得快。

不光只是聰明。

今天打輸了，明天就會想出針對我的破綻下手的新招。像這樣反覆在錯誤中學習，向我挑戰。

對我的益處也遠勝過與尋常兵卒或山賊交手。

而且她現在才九歲。

瑪蒂娜一定會出人頭地喔，卡羅琳。

我對著過去我親手擊敗，大概上不了天國也去不了瓦爾哈拉的瑪蒂娜之母，在心中如此說道。

我雖然一點也不喜歡妳，但是妳的遺言，臨死前呼喚其名的女兒瑪蒂娜就放心交給我。

我一定會把她培養成出類拔萃的騎士。

我如此立誓。

「馬上就要動身了嗎，第二王女顧問波利多羅卿？」

英格莉特恭敬地對我問道。

「不……至少先讓我休息一星期。」

坦白說，我累了。

哎，其實除了指點瑪蒂娜以外，我也沒做什麼。

領民們大概在別墅等得發慌。

我得向第二王女瓦莉耶爾報告，還要確認她的親衛隊的準備狀況。

後者我是不太擔心。

畢竟都過了一整個月，準備應該已經萬無一失。

再者，還有我的愛馬飛翼。

我得親自從牧場把牠帶回來，好好陪伴牠一段時間。

暫時放牠自由，這樣說雖然好聽，不過實際上是我這陣子沒有好好親手照料牠。

牠應該不會鬧脾氣吧？

「休息過後再出發。一路朝著維廉多夫王都前進。」

「行進路線決定了嗎？」

「為何要問這個？」

我感到疑問。

這不是英格莉特商會應該介意的問題吧。

「哎呀，一旦和平談判敲定了，至少長達十年的巨大交易路線會就此開啟啊。抓住先機予以投資，商人有這種想法難道有錯嗎？」

「談判也有可能失敗喔？」

「這是投資。一味害怕風險就無法投資。若您願意，希望能跟隨您的隊伍一同前往。」

英格莉特商會會長如是說。

就算失敗，我也不會賠償妳的損失喔。

如果這樣妳也接受，就隨便妳吧。

我如此想著，靜靜地嘆息。

※

「封口令解除了吧？非常好。的確就是這個時機。」

「正是這個時機。因為已經讓安哈特王國的豆芽菜們退讓，派出法斯特・馮・波利多羅當作使者了。」

對維廉多夫戰役的參戰者下達了封口令。

特別是對於法斯特・馮・波利多羅的目擊者，更是強烈囑咐絕對不准多嘴。

這並不是為了雷肯貝兒卿的名譽。

也不是為了讓國民無法捉摸法斯特・馮・波利多羅的真實身影。

要求只有一項。

就是讓對方把法斯特・馮・波利多羅當作和平談判的使者送來我國，僅此而已。

「一旦我們的要求被對方看穿，對方就會踩在底線上要我們退讓，這點確實生效了。封口令也沒必要持續下去。」

「只要對方主動提起，就不再是我方的把柄。」

唯獨兩人。

維廉多夫的女王大廳中，只有兩人。

其中一人是我，現在年紀才二十二歲。

另一人則站在我所坐的王座前方，是個老太婆。

擔任維廉多夫軍務大臣的人物，彷彿一切稱心如意般呵呵笑道。

我對老太婆開口：

「我承認妳有一手。解除封口令，的確應該挑這個時機。我國國民因此有何變化？」

「將會承認英雄頌歌是事實。不，會認為法斯特・馮・波利多羅這名男人是更勝傳說的人物吧。」

「如此一來就能預防國民憤而攻擊波利多羅卿嗎？」

維廉多夫女王為保險起見而確認。

擔任軍務大臣的老太婆再度呵呵發笑。

「這種可能性本來就不高。那不符我國國民情。更何況，一旦知道對方是在無可挑剔的公

平對決中擊敗了雷肯貝兒卿，憤而報復反而會玷汙雷肯貝兒卿的名譽。如此一來，國民群情激憤的可能性就降到零了。」

想必如此。

雷肯貝兒啊。

我感到悲傷。

這種感覺就叫做悲傷吧。我如此思考。

自從妳死後，活到二十歲的我第一次知道何謂「悲傷」，以及那恐怕能稱作「悲痛」的感情。

人人都這麼說。

當我接到妳已經死去這種無法理解的報告，讓我不由得放棄致力理解狀況的一切努力。

即便聽人說妳已經死了，我還是毫不相信，一昧反覆下達繼續進攻安哈特的指示。

然而，當維廉多夫的騎士團用在敵國的陌生原野中拚了命摘取的花朵環繞妳的頭顱，一併送到我面前時。

以及依然穿著鎧甲的遺體緊接著送達時。

我有生以來第一次，在眾目睽睽下放聲哭叫。

不知道自己究竟在做什麼，也無法理解那行動有何意義，只是抱緊妳的頭顱，口中反覆說著「騙人！騙人！」流著淚而放聲哭叫。

甩開了平常的虛無，暴露了身為維廉多夫女王不應顯露的醜態。

所以人人都說，卡塔莉娜女王為雷肯貝兒之死而哀痛。
那是否為真，我不太明白。
在我五歲的時候，妳也才十五歲吧。
既不是諸侯，甚至不是領主騎士，只是個官僚貴族的軍人來當顧問。
當時妳也還不是騎士團長，只是平凡的騎士。
區區的世襲騎士，眾多武官之一。
那就是名為克勞迪亞‧馮‧雷肯貝兒的妳。
在那時，對於麾下沒有幾名士兵的妳，我甚至不曾感受到失望。
畢竟只是分配給第三王女的顧問，這種程度也很正常。
「……雷肯貝兒。」
反芻這名字。
妳對我這種有缺陷的人。
對我這種無法理解他人心中感情的人。
父親都不願疼愛，母親也在我出世時被我殺害，這樣天生缺陷的第三王女。真虧妳願意如此盡忠。
我可是人稱弒母的第三王女，真虧妳從未侮蔑我，用心擔任我的顧問。
究竟是為什麼呢？
我這個有缺陷的人，無法理解。

雷肯貝兒啊，至今我依舊無法理解妳的真實想法。

在妳死後，這般想法更是強烈。

我應該多聽妳的建議。

應該要多和妳交談。

妳在軍事上的功績。

將掠奪侵擾的遊牧民族逼入絕境而滅族。

不只如此，身為維廉多夫選帝侯家的騎士，至今在背後給予我無數的支持。

妳在政治上的功績。

我只是區區第三王女，卻扶持我成為維廉多夫女王。

還有妳無數的豐功偉業。

坦白說，這一切對我來說恐怕都無關緊要。

我真正需要的，只有無可取代的妳這個人。

雖然人人都這麼說——但我總是無法捉摸心目中的雷肯貝兒的輪廓。

在我心目中，妳究竟是何種存在？

為何要為我如此盡心盡力？

「啊啊，雷肯貝兒。為何妳已經死了。」

「您憎恨法斯特・馮・波利多羅嗎？」

「不曉得。我不懂憎恨這種感情。」

我坦白回答軍務大臣的疑問，隨後再度追憶雷肯貝兒。
我真是不懂妳，雷肯貝兒。
身為超人的妳，身為英傑的妳，想必能選擇更聰明的人生。
甚至能從我手中奪走維廉多夫選帝侯家吧。
我們的價值觀，維廉多夫的價值觀，人人都希冀成為馳騁沙場的英雄。
妳擁有那種價值觀。
而我沒有。
因為我生來有缺陷。
然而妳為何要那麼溫柔地對待我？
我不懂。
若妳不用更加清楚的話語描述，我怎麼會懂呢。
因為我是如此愚昧，天生缺陷。
論算計謀略，我能明白。
但是，妳的行動並非出自利益等算計，而是出自名為愛情的感情，加諸於我。
對了，妳的獨生女妮娜小姐也這麼告訴過我。
您受到母親雷肯貝兒所愛。
而我是不值得那份愛情的愚昧之人。
為何在那時候，我會同意妳憑藉討伐遊牧民族而充盈的國力，向安哈特王國進攻呢？

我想妳應該有妳的想法，但在妳對我坦白之前，就這麼唐突地，有如雷鳴般驟逝了。

「那麼，您恨我這老太婆嗎？卡塔莉娜大人。維廉多夫女王，伊娜・卡塔莉娜・瑪麗亞・維廉多夫大人。當時准許進攻安哈特王國的正是老身。」

「決定者是我。怎麼可能把這份責任推到妳身上。」

我循著事理回答。

女王身為最高責任者，責任在於我。

當時誰能料到，雷肯貝兒居然會死。

安哈特王國至今仍舊為了東方至北方一帶的遊牧民族而左支右絀，大半正規軍必須鎮守該處，對上這般國家怎麼會輸。

而且也知道安哈特頂多只剩公爵軍的五百名常備兵能派往維廉多夫國境。

英傑雷肯貝兒親自率領成倍的千名兵力，擔任前線指揮官發動突襲。

誰能料到居然會輸。

照理來說根本不可能會輸。

但是輸了。

原因單純是法斯特・馮・波利多羅這男人，單單憑著一個「武」字，在一對一決鬥中擊敗了雷肯貝兒卿。

再加上安娜塔西亞第一王女這戰略上的天才，以及亞斯提公爵這戰術上的天才，兩名英傑使我軍敗北。

為何戰敗？

我們絕對不弱。

但是無論如何都要接受敗北的事實。

不得不接受這現實。

安哈特王國很強。

安哈特王國的立場同樣是選帝侯，本來就不弱。

我對這一點雖然心知肚明——

「我這老太婆，已有覺悟為敗戰負起責任。倘若您當場賜我一杯美酒，我也有覺悟一飲而盡。」

「賞賜毒酒不是安哈特王國的文化嗎？既然在我國，就用妳腰間的短劍割喉而死吧。」

「正因如此，才堪稱屈辱啊。而我亦有覺悟承受。」

夠了。

老太婆的戲言已經聽夠了。

傳聞中年齡已經破百依然硬朗的老太婆，不管我說什麼，最終也辯不過她。

我們輸了，這就是唯一的結論。

有必要從頭審視戰略。

我們國家有必要平心靜氣，重新審視失去雷肯貝兒所造成的損失。

為此。

「有必要親眼見過法斯特・馮・波利多羅這號人物。」

「透過那人物，來評估安哈特王國嗎？」

「如果在那國家，有鄙視法斯特・馮・波利多羅這號英傑的風潮，那正好。」

我握緊拳頭，擺到軍務大臣眼前。

「只要拉攏吸收即可。」

「會這麼簡單嗎？對方可是固執於祖先代代相傳的領地與領民的封建領主騎士喔？」

「波利多羅領距離我們維廉多夫的國境線不遠。只要進攻至該處，他也不會拒絕。不，是無法拒絕。」

敵方的詳細地圖。

在維廉多夫戰役之時已經到手。

那個法斯特・馮・波利多羅的領地就在國境線附近。

已經掌握了法斯特的弱點。

「如果察覺到法斯特・馮・波利多羅這號人物受到重用呢？」

「那就代表安哈特王國有識人之明。也將放棄再度侵攻列入考量。」

畢竟失去雷肯貝兒的損失依舊重大。

遊牧民族遲早會察覺雷肯貝兒已死，掠奪者將會再度自北方侵擾吧。

正因如此。

「首先透過法斯特這塊玉石，來審視安哈特王國。之後再做打算。」

「理當如此……」

老太婆再度呵呵笑道。

我維廉多夫女王卡塔莉娜無法展露笑容。

不知喜悅為何物。

但是，為了回應老太婆的笑容，我像是陪笑臉般硬是挑起嘴角。

因為雷肯貝兒曾經教導我，這樣子比較好。

哎，雷肯貝兒。

在我心目中——妳究竟是什麼存在？

我再度於心中靜靜詢問，但是當然聽不見死者的回應。

第30話 痛毆薩比妮吧

「有關我的波利多羅卿不來見我這檔事。」

「誰理妳啊。」

廉價酒館。

在靠近貧民區的廉價酒館，第二王女親衛隊合資買下一桶酒，包下了這間酒館。

第二王女親衛隊隊長薩比妮憤然說道：

「我明明就說了，包含男女間的親密關係！而且波利多羅卿也說日後請多多指教了！」

「夠了啦，這件事聽妳講到耳朵都長繭了。」

薩比妮的氣憤遲遲難以平息。

但是，包含我在內的親衛隊員們對她的反應都十分冷淡。

受到醉意影響，把臉趴在桌上，只舉起手左右擺動。

「不，重點是有聽到昨天瓦莉耶爾大人講的話嗎？接下來要舉辦餞行會。哎，雖然好像是在王宮某個房間低調舉辦。瓦莉耶爾大人和波利多羅卿，再加上第二王女親衛隊，低調舉辦。」

「我有聽說。但波利多羅卿早在一個月前就來到王都了吧？至少也該來見我一面吧？」

「聽說是因為不能讓波利多羅卿以一身寒酸的模樣前往維廉多夫，好像正忙著打造溝槽鎧甲喔。據說他一直都待在鍛造場。而且製作費全部都從第一王女的歲費中支出。真是令人羨慕。」

還沒有醉倒的其中一名親衛隊隊員說道。

這是偶然間聽見王宮侍童閒聊才得知的事。

換言之，是新消息。

「這件事，我都不曉得。奇怪？我怎麼沒聽說？」

順風耳薩比妮這次後知後覺也很稀奇。

平常都是薩比妮搶先將這些消息傳達給親衛隊。

「那是最近的事啊。那個侍童還譏笑了波利多羅卿滿身肌肉的外表，所以我順便跟瓦莉耶爾大人報告了。」

近來，瓦莉耶爾大人與第一王女安娜塔西亞大人關係良好。

瓦莉耶爾大人會提出有關那侍童的報告，安娜塔西亞大人恐怕會把那侍童連同她的怒氣一同送返出身的領地吧。

真是活該。

親衛隊的一名隊員心裡這麼想著，傾聽薩比妮的反應。

「早點跟我說啊！如果我知道的話，就直接去鍛造場了！雖然我造訪了他成為顧問而得到的那間別墅，但是一問起他的行蹤，領民們就顧左右而言他！我好歹也是第二王女親衛隊長耶！」

「呃，人家最近才認識妳。直接跑去那邊打擾人家，印象也不好吧？既然和打造鎧甲有關，就會扯上鍛造師的祕密還有獨家技術嘛。」

雖然不曉得波利多羅卿成天待在鍛造場做什麼。

況且他也許真的很忙。

在這種狀況下直接跑去打擾，別說是博取好感，也許只會是反效果。

有人如此說道。

「那我該怎麼辦才好啊？」

「事到如今還能怎麼辦？話說妳到底想幹嘛？」

「我想要那個啊。說穿了就是上床。本來想在這一個月與他過著肉慾橫流的生活。」

這傢伙蠢到不行。

親衛隊隊員之一愈來愈懶得搭理。

我們第二王女親衛隊一共十四名。

與男人根本全無緣分。

根本就找錯商量對象了。

哎，想必也沒其他對象吧。

這方面的問題，若是找才十四歲的瓦莉耶爾大人商量，想必也不對吧。

雖然之前她曾經懇求瓦莉耶爾大人，從歲費撥款讓大家上高級賣春戶。

哎，這就先放一旁。

現在她氣得跺腳——每當薩比妮覺得事不順心，就會有這樣的舉動。

嚴重的時候甚至會在地上打滾耍賴。

簡直就是黑猩猩。

難道爸爸媽媽小時候沒有好好管教嗎？

想必沒有吧，和我們第二王女親衛隊所有人一樣。

應該沒有一個人受過正統的騎士教育。

真令人傷心。

不過，也沒有這麼難看。

沒有薩比妮這麼難看。

親衛隊中每個人都認為自己至少比薩比妮好。

「總而言之，我想和波利多羅卿做愛啊！」

「誰理妳啊。」

至今依舊不斷灌酒的親衛隊員之一回答：

「妳要商量也找錯人了啦。這裡所有人都是沒經驗的處女。妳到底想說什麼啊？」

「想要他給我上啊！」

「聽人說話啊。來找人商量好歹先聽人說話！」

薩比妮不聽人說話。

躺在地面上，胡亂揮舞四肢。

看來已經很醉了。

話說回來，原來薩比妮中意的是波利多羅卿那種類型的男人啊。

哎，不過聽薩比妮說，似乎是實際聊過之後，有股沒來由地直覺認為自己和這個人似乎談得來。

薩比妮渴求的那種肉慾橫流又頹廢的日常生活，和那個耿直嚴肅的波利多羅卿之間，有可能成真嗎？

實在令人懷疑。

算了。

總之，我們將會與換上新鎧甲的波利多羅卿一起啟程。

「我說薩比妮，妳覺得到了維廉多夫會發生什麼事？」

「怎麼啦，突然問這個。」

「那個國家對男人的審美觀和我們完全不一樣嘛。」

輪廓纖細、身材嬌小、個性溫順。

這是安哈特王國受歡迎男性的常見特徵。

與之完全相反。

身軀壯碩、個頭挺拔、勇猛剛強。

這是維廉多夫王國受歡迎男性的常見特徵。波利多羅卿滿足一切條件。

再加上容貌也不差。

單論長相其實真的不錯。

雖然身為安哈特騎士，身為國民之一，實在無法開口說波利多羅卿是自己中意的類型。

呃，雖然聽起來像是藉口，但人人都承認他是我國首屈一指的英傑。

高潔的人品也有目共睹。

但無論如何，國民嗜好就如同前述。

「一到維廉多夫王國，波利多羅卿真的會是萬人迷喔。而且還在決鬥中堂堂正正打倒那個國家的英傑雷肯貝兒卿。根本是無從挑剔的傾國美男。這下妳要怎麼辦？」

「什麼怎麼辦？」

「呃，波利多羅卿被搶走也沒關係嗎？雖然目前還不是妳的人。」

單挑決鬥的求婚。

就如同過去雷肯貝兒騎士團長那樣，想必會有無數人模仿她向法斯特發起決鬥。

哎，雖然波利多羅卿不至於敗北，但也會有女人單純想追求他吧。

置之不理真的好嗎？

雖然有人這麼問。

躺在地上的薩比妮輕飄飄地擺手。

「亞斯提公爵三番兩次要那男人當情夫還是被拒絕，這種男人會被敵國維廉多夫說動？想得太天真了。」

「為何這麼說？」

好幾個人頭上浮現問號，但薩比妮再度輕輕地擺著手，握起拳頭。

「波利多羅卿心目中最重要的就是祖先代代相傳的土地，以及賭上性命追隨自己的領民。只要想奪走這些事物，不管誰他都不會原諒。維廉多夫的人要怎麼保證這一點？」

薩比妮發出「嘿咻」的吆喝聲同時站起身。

「哎，如果地位高如維廉多夫女王，也許就能辦到吧。」

「明明就有人能辦到嘛。」

「妳說維廉多夫女王？」

薩比妮嗤之以鼻地回答：

「冷血女王卡塔莉娜。」

「嗯？」

「在維廉多夫的名號。不同於英傑雷肯貝兒，她在維廉多夫的風評不佳。甚至還有人說她比我國的安娜塔西亞第一王女更加冷血——而且令人生畏。」

這傢伙，究竟是如何取得敵國的情報？

雖然自己好歹也是個騎士，卻從未聽聞這些消息。

傳聞中薩比妮不同於我們這些三女或四女等不中用的集團，其實是家中長女。難道是真的嗎？

這傢伙確實莫名地有知識。

似乎曾經受過類似正規騎士的某種教育。

不然也沒有辦法演說。

因為那個性——被認定沒有指望繼承家名，因此被捨棄。

聽說她生於負責我國諜報任務的家族。

她的能力與情報管道也許至今仍然管用吧。

也許是因為如此，薩比妮至今依然消息靈通。

哎，不過她這次想要的波利多羅卿的消息好像沒到手。

大概是被色慾迷了心竅。

「那人不屬於維廉多夫。心中沒有榮譽。只用道理去理解事物的鐵石心腸。在那邊被人這樣批評。在十四歲時的繼承權決鬥中，以決鬥用的未開鋒劍直刺當時二十歲的長女的咽喉，趁她倒地時踹頭奪命。哎，個性陰狠的長女當時曾欺凌仍年幼的卡塔莉娜女王，聽說也沒什麼才能。」

薩比妮繼續說道：

「緊接著又把指責她的父親當場推倒，用劍柄敲死，之後對著發出尖叫聲，想制伏她的決鬥見證人如此說道：『由在場的最強者繼承維廉多夫，雷肯貝兒是這樣教我的，而且也叫我趁這個好機會，把姊姊和父親一起殺掉。』」

薩比妮再度為自己的酒杯倒滿酒，緩緩將其喝乾的同時接著說下去：

「聽說在場所有人都啞口無言。而維廉多夫的第二王女甚至自認繼承決鬥沒有勝算，主動棄權。維廉多夫女王卡塔莉娜是個狂人。只依照道理而活的怪物。弒母又弒父，又手刃姊妹的三冠達成者。這種怪物會被波利多羅卿這種人迷倒嗎？我不這麼認為。」

「……我反而覺得正好相反。」

亞斯提公爵公然宣稱的戰友以及太陽。

如此讚賞的男人。

再三強調，身為安哈特王國的國民，難以理解他身為男性的魅力。

但是他身為騎士的正直心性，儘管與他的關係只是第二王女親衛隊與顧問，接觸機會並不多，但我們同樣能切身感受。

更何況在維廉多夫，他可是絕世的美男子。

也許唯獨他才能打動那種怪物。

「波利多羅卿這個人，這個騎士，說不定會斬斷怪物之心喔？」

「打倒怪物的總是人類，是嗎？聽起來是很有騎士精神。」

薩比妮嗤之以鼻。

「總而言之，我的波利多羅卿絕不會傾心於維廉多夫的女人。波利多羅卿其實在男女關係上相當純情，看似一個可愛的男人，不過心底深處的根基不會動搖。唯獨領地和領民絕不鬆手。因此絕不可能因敵國女人而動搖——」

「……如果和平談判的條件是強烈希望讓維廉多夫的女性成為波利多羅卿的妻子，那會怎樣？」

薩比妮的動作戛然而止。

一臉從未設想這種事的表情。

「不，這有可能嗎？」

「雖然不是絕對，但是超人之子容易生出超人。維廉多夫想要優秀的種，於是送妻子嫁給波利多羅卿，而兩人之間誕生的孩子，除了長女都必須交給維廉多夫，這種談判條件也很可能成立吧？」

「這是利敵行為吧。安哈特王國和瓦莉耶爾大人都不會容忍這種事。」

薩比妮擺出一副不值得考慮的表情並把臉甩向一旁。

但是——

「很難說吧。雖然這次談判的正使是瓦莉耶爾大人，但是……」

「妳覺得實際上是波利多羅卿跟對方談？」

「不是嗎？」

參加維廉多夫戰役的是波利多羅卿。

而第二王女顧問，瓦莉耶爾大人的智囊也是波利多羅卿。

瓦莉耶爾大人透過初次上陣，有了十足的成長。

與安娜塔西亞大人也已和解，聽說現在安娜塔西亞大人甚至會自己指點瓦莉耶爾大人。

然而。

「我沒有分毫貶低瓦莉耶爾大人的意思。但是實際上由波利多羅卿跟對方談判，瓦莉耶爾大人只是在後頭出主意，這是事實吧？再者，安哈特王國當下的狀況，就我一介騎士的角度來看也不太好。」

「妳想說為了和平談判，波利多羅卿會接受一定程度的條件？」

「宮廷的氣氛不太好吧？我雖然笨，但連我也能感覺到喔。」

因為我身為親衛隊的一員，雖然只是終身騎士，卻擁有進王城的資格。這樣的我也能感覺到宮廷氣氛不佳。

對維廉多夫再掀戰火的不安。

這次務必做好萬全的準備迎頭痛擊——然而狀況不允許。

與北方遊牧民族之間的戰事依舊持續不斷。

只要這方面不解決，很可能最後又得靠亞斯提公爵的五百常備軍應戰。

不，還有比這更糟糕的。

「這次我們說不定會被派去參加第二次維廉多夫戰役。說不定真的會死。」

「就算這樣，波利多羅卿也……不，那男人有時嘴巴上說得冷淡，但其實是會為他人吃虧的個性啊。」

「雖然我了解的沒有薩比妮多，但我也覺得他是那種個性。」

薩比妮抱頭苦思。

「我啊，就只是想跟波利多羅卿上床。就只是這樣而已。」

「誰理妳啊。」

話題再次繞回起點。

畢竟大家都喝了酒，這也無可奈何。

「我想沉溺在肉慾橫流的墮落生活中，就只是這樣而已。一天至少想來個三次。」

「誰理妳啊。」

那單純只是薩比妮每天自慰的次數吧。

「為何世事總是不如意。」

「我說妳啊，就算說得好像很憂鬱，現實也不會有任何改變。」

總而言之，薩比妮太過小看維廉多夫。

在那個蠻族的國度，奉波利多羅卿為理想男性的國度，波利多羅卿的貞操究竟會如何？會走上何種命運？

目前誰也不知道。

第二王女親衛隊之一如此想著。

「話說回來，妳們所有人都沒有戀愛經驗，還是處女對吧？我已經有彼此相愛的對象嘍？名叫波利多羅卿喔。羨慕嗎？欸欸，羨慕吧？咦？妳們之中有誰有過戀人嗎？有沒有？說來聽聽嘛！」

「閉嘴去死。就砍下妳一束頭髮，用那束頭髮把妳勒死。」

為了揍這個如垃圾人渣般開始嘲諷的薩比妮一拳，包含我在內的親衛隊一共十三人全都從椅子站起身。

第31話 務求斬心

今天就是自安哈特王都出發前的最後一天。

動身前往維廉多夫和平談判前的餞行會。

第二王女瓦莉耶爾，以及她的第二王女親衛隊，再加上我法斯特・馮・波利多羅。

由上述十六人舉辦一場小型的餞行會。

本應如此。

但是。

「母親大人，為何您也來了呢？」

「為何妳反倒認為我不會來？事關重大的國事前夕，怎麼可能對妳們不聞不問呢？」

如此回答的莉澤洛特女王品味著紅酒。

畢竟不是私底下的場合，並非平常那樣身上只有一塊薄紗的模樣。

而是穿上正式的禮服。

還是老樣子表情冰冷，不過這要素反而更加襯托她身為女性的美貌。

大秀美背的露背禮服的後頸雖然誘惑著我，但身前防禦紮實。

我是胸部星人。

對後頸有抵抗力。

「確認後頸無誤！」我在心中以魔法的口號做出指差確認，如此一來就能輕易地整理好心境。

唯獨胸部不能忍。

就是不能。

那對巨乳不會折磨我的小兄弟，讓我安心。

「不過，維廉多夫方面的事務不是已經交給姊姊大人——安娜塔西亞第一王女全權處理了嗎？」

「現在已不是執著於此的時候了。確實因為可能讓安娜塔西亞顏面掃地，表面上我盡可能避免插手，但現在事關重大。狀況可說非常吃緊。」

莉澤洛特女王用那妖豔的眼眸看向我。

「法斯特．馮．波利多羅。」

「是。」

「就算本次談判破局，我國也不會滅亡。但是，維廉多夫一旦再度掀起攻勢，維廉多夫國境線附近的諸多地方領，包含波利多羅領都可能落入敵國手中。」

我當然知道。

所以我才接下這次工作啊。

這簡直是詐欺嘛。

我在腦海中搬出所有咒罵的言詞，但我知道安哈特王國已經盡其所能，也沒辦法抱怨。

雖然已經盡力，但剩下的手段就只有這招。

本次談判成功時的高昂報酬，以及我的整套全新鎧甲，都是為此而準備。

「瓦莉耶爾，如果讓本次談判成功，我會考慮讓妳的親衛隊全員升階。」

「真的嗎，母親大人？」

「不過距離上次升階才一個月，加上回程還不到兩個月，這麼快就再度升階，財政官僚也會囉嗦，因此這張支票要一年後才能兌現。」

聽了這番宣言，親衛隊員們覺得在女王面前歡呼未免太過失禮，撲向正要大吼大叫的薩比妮，摀住她的嘴。

很不錯嘛，第二王女親衛隊。

話說回來。

約好給我更多獎勵也可以吧？

「波利多羅卿、瓦莉耶爾，我有話要說。暫且離席，到我的寢室來。」

我就知道。

麻煩事的氣氛湧現。

不，也許要討論談判條件？

現況能給對方的好處只有歸還亞斯提公爵當初掠奪的財產，除此之外毫無籌碼，根本是強人所難。

難道莉澤洛特女王有什麼計策嗎？

我們三人一起走向莉澤洛特的寢室。

沒必要呼叫衛兵嗎？

我從走廊方向感受到兩名女王親衛隊的些許氣息。

女王對著正按捺著不吃喝的親衛隊拋下一句「妳們就先開始吧」之後便邁開步伐。

瓦莉耶爾大人與我也跟了上去。

來到走廊上。

「抵達寢室前不談要緊的事。對了，暫且先閒話家常吧。」

「是。」

莉澤洛特女王領著她的兩位親衛隊走在前頭，對我和瓦莉耶爾大人說道。

莉澤洛特女王戲弄般的聲音傳來。

「妳們還是純潔之身？哎，雖然用不著問也曉得。」

「請不要管這個。」

「同上。」

瓦莉耶爾大人才十四歲。

要拿侍童大肆享受還嫌太早。

而我已經二十二歲。

在這個類中世紀奇幻世界中，已經到了差不多非結婚不可的年紀。

哎，不過和女性不同，男性的年齡條件其實滿寬鬆的。

就算年齡超過三十，還是很容易找到失去夫婿的家庭接納。

考慮到領地，我希望能儘早有個繼承人。

特別是波利多羅領目前只有我一個繼承人，萬一我死了，領地就會馬上被王室沒收吧。

我絕對不能死。

要快點找個能代替我作為當家，並且執行軍務的戰功顯赫的女騎士。

或者是娶一位能在我執行軍務時，代替我經營領地的老婆。

「不管是安娜塔西亞或瓦莉耶爾都很頑固呢。哎，雖然我在認識亡夫之前也一直保持著純潔之身。」

因為對侍童出手後果很麻煩啊。

各領地按照採用人數將侍童送進王宮，目的是拉攏高級官僚貴族，甚至爭取王配寶座。

愈是接近中央權力，對各地方領主愈有其利益。

莉澤洛特女王呢喃說道。

美人計這名詞浮現在我腦海中。

說穿了，送到王宮來的少年們都身負色誘的職責，而安哈特王室明知如此還是將之視作各地方領主的權力，允許他們入宮。

儘管如此，他們並不專業。

前幾天也有個侍童譏笑我，被第二王女親衛隊的一員發現，消息透過瓦莉耶爾大人傳到安娜塔西亞第一王女耳中，聽說不只讓安娜塔西亞第一王女憤怒得面露食人魔般的神色，侍童還被遣返回領地。

成為王家眼中釘的侍童。

不曉得會帶來何種災禍。

那侍童想必將來一片黯淡吧。

哎，畢竟王家特地自各領地僱用侍童。

讓男人在旁服侍，就這層意義而言，沒有比宮廷更適合的場所。

但是，譏笑了我又為何會觸怒安娜塔西亞第一王女呢？

哎，畢竟是維廉多夫戰役上的戰友。

就算是那樣，平常也關心著我。

雖然平常貌似嗜食人肉，但是論人品沒有那麼壞。

「我會選擇亡夫羅伯特為夫婿，原因並不是提親信上畫像的第一印象。」

與莉澤洛特女王的對話。

如今已逝的王配的話題。

我稍微有一點好奇。

「當年他也是被送來宮廷當侍童的其中一人。」

「但父親大人不是公爵家出身嗎？我想他應該是在家人的疼愛中長大。」

「是啊。因為出身公爵家，又是個身材魁梧的男性，老家並不期望他色誘任何人。」

也許是這樣才喜歡上的。

莉澤洛特女王如此呢喃。

語畢，她指向庭院。

設置於庭院的一角，只能用美麗來形容的玫瑰園。

「你們看，這是我丈夫打造的玫瑰園。」

「那座玫瑰園是父親大人一手打造的嗎？我記得好像不是。」

「丈夫身為侍童待在宮廷的時間只有短短兩年。所以他只有做出基礎而已。當然結婚後也有繼續照料。」

聽了瓦莉耶爾的疑問，莉澤洛特女王的臉頰隨之放緩。

「這是只有我知道的祕密。安娜塔西亞也不知道。他好像是想重現公爵領的玫瑰園，但時間似乎完全不夠用。」

莉澤洛特女王笑了笑。

「真是傻瓜。原本明明是為了進宮當過仕童的經歷才來宮廷工作的啊。」

補上輕微的責罵。

無論誰都能聽得出來，其中藏著至深的愛情。

「別說是勾引貴族的女人了，我那時候最喜歡站在這條走廊上，看那個人在庭院中，種花除草而汗流浹背的模樣。」

莉澤洛特女王似乎頓時百感交集，伸手按著胸口，閉起眼睛。

「所以我選了那個人當夫婿。」

隨後她睜開眼睛，怨恨地說。

「但是，他被殺了。在這宮廷裡，不知被誰所殺，都超過五年了。」

王配羅伯特。

這名字的後方，原本應該是接著公爵家亞斯提之名，現在則是冠上了安哈特的名號吧。

現在就單純稱他為羅伯特吧。

我想這樣稱呼，更能表達對於莉澤洛特女王與如今已逝的王配羅伯特的敬意。

聽說王宮之中如今依然在進行王配暗殺者的調查。

同時也聽說，女王已經放棄緝凶，正在考慮結束調查。

五年啊。

都過了這麼久了，想必已經無從找出犯人。

「……我改變主意了。別在我的寢室，到玫瑰園聊吧。驅離閒雜人等。」

「莉澤洛特大人。其他護衛呢？」

接到驅離閒雜人等的命令，兩位女王親衛隊表示些許疑問。

「有波利多羅卿在吧？就算手無寸鐵也不會輸給刺客。」

「哎，的確如此。」

兩人二話不說就接受了。

看來王室對我的信賴其實相當深厚。

哎，雖然巨劍不在身上，但腰間好歹掛著一柄短劍。
即使是精銳的刺客，別超過十人我還是能輕易殺光。
就算要同時保護莉澤洛特女王和瓦莉耶爾大人也不例外。
「那麼我們會淨空四周。請進入玫瑰園。」
「我們走吧，波利多羅卿、瓦莉耶爾。」
莉澤洛特女王對我們兩人說道。
受到這句話邀請，我們進入庭院，走向玫瑰園。
默默向前走。
穿過圍籬的拱門，進入園內。
玫瑰花攀在網格狀的圍籬上，將園內妝點成一片我沒想像過的絢麗。
「好美！」
我不由得說道。
我過去對花毫無興趣。
無論是前世或今生。
不過眼前這情景——除了美麗之外無法形容。
見到朵朵綻放的玫瑰圍籬位在紅磚鋪設的小徑左右兩側，腦海只有美麗這個形容詞。
「看來你很中意，這比什麼都讓我欣喜。」
莉澤洛特女王的語氣聽起來是發自內心感到欣喜。

「雖然你是男性，但我以為你對花一點興趣也沒有。」

「……除了有藥效的花朵外，我的確沒有興趣。但是我今天第一次單純為了花朵之美而感興趣。」

玫瑰園。

走在這片情景中，無論前世或今生都是第一次。

沒想到竟然這麼美。

「短短一百公尺的步道。雖然我想帶你走過這玫瑰園的每一條玫瑰小徑。不過先等我們談過正事吧。中央有張庭園桌。」

在莉澤洛特女王的帶領下，我們來到庭院中央，如她所說設有庭園桌。

我們三人在桌旁坐下。

「與維廉多夫的談判，老實說我覺得不會順利。」

「……我明白。」

瓦莉耶爾大人代替我回答。

是啊，我也覺得很困難。

目前甚至不曉得維廉多夫那一方有無締結和平條約的意願。

「最大的談判籌碼，也就是英傑雷肯貝兒的首級，法斯特也已經當場歸還了。」

「……我很抱歉。」

我低下頭。

「沒關係。如果當時沒還，現在維廉多夫想必正為了奪回首級而不顧一切進攻安哈特吧。你的判斷沒有錯。況且……當場歸還決鬥的遺體，是騎士的榮耀。頂多只有愚昧的侍童會批評你的行為。」

如果手上有雷肯貝兒的遺體，就能輕易締結和平條約吧。

但是，如此一來對方根本不會停戰吧。

我們剛才思考的是堪稱妄想的假設。

「言歸正傳。與維廉多夫談判的重點，我認為在女王卡塔莉娜的心。」

「心？」

「那女人與我不同，不知何為愛情。就如你以前不懂得玫瑰園的美。」

莉澤洛特女王將我剛才脫口說出的「好美！」當作例子。

冷血女王卡塔莉娜。

關於她的軼事，王室已經將情報送到我手上。

弒父又弒姊的雙冠王。

弒母——這樣稱呼大概不合理吧。

母親在賭上性命的分娩時死亡，在維廉多夫會這樣稱呼嗎？

我覺得有些不快。

我對亡母的遺憾至今依舊尚未掃清。

「波利多羅卿。你要斬斷女王卡塔莉娜的心。」

「她的心？」

「沒錯，就是心。」

我在幾分困惑中回答。

「你的一切就代表安哈特。卡塔莉娜女王會俯瞰你的一切，然後做出決定。究竟是再度戰爭，或是和平。」

「我個人的表現，真的有這麼大的影響嗎？」

「事關重大。所有的維廉多夫人，都會把你視作安哈特的代表。」

莉澤洛特女王直視著我的眼睛。

那眼睛並不可怕。

安娜塔西亞第一王女的那種殺人目光，究竟是遺傳到誰了？

總不會是父親羅伯特。

難道是隔代遺傳嗎？

「那個，母親大人，形式上我才是正使喔。唉，我自己也知道純屬形式就是了。」

瓦莉耶爾大人畏畏縮縮地舉起手，表達不滿。

「行動時懷有這份自知之明。還有瓦莉耶爾，總之妳要當心不要被殺了。」

「這時候請說就算死了也要達成使命。雖然我最近才明白這是母親大人的愛情。」

瓦莉耶爾大人不停唸唸有詞。

莉澤洛特女王以溫柔的語氣說道：

「其實我一點也不想把妳送去維廉多夫……法斯特也一樣。」
連我也不願派過去嗎？
哎，雖然機率不高，但終究有可能送命嘛。
雖然從維廉多夫的價值觀來看，我應該不會被殺，但女王卡塔莉娜例外。
她是維廉多夫的異物。
結果會如何，完全無法預料。
「波利多羅卿，我再說一次。你要斬斷女王卡塔莉娜的心。談判的關鍵，不在於談判籌碼，唯獨她的心。失去了雷肯貝兒卿——形同母親的存在後，依然毫不扭曲而保持冷靜的那顆心，你要使之動搖。」
「遵命。」
我自庭園桌的座位站起身，單膝下跪，恭敬行禮。
斬心？
到底要怎麼辦到啊？
妳講的話都太抽象了啦。
揉妳奶子喔。
在心中對於莉澤洛特女王強人所難的這番話，感到萬分苦惱的同時。
法斯特·馮·波利多羅悄悄嘆息。

第32話 汝為英傑否？

再度來到此處。
而且我真沒想過，距離上次還不到三個月。
維廉多夫國境線。
安哈特王國與維廉多夫王國的境界。
而且還是與我斬殺卡羅琳時完全相同的場所。
「我母親卡羅琳就是在這裡，與法斯特大人決鬥嗎？」
「是啊。」
少女緊抓著我的背，和我一起坐在飛翼背上。
瑪蒂娜那難以判讀感情的說話聲響起。
我先是稍微煩惱該如何回答較好，之後靜靜點頭。
「我的母親強嗎？」
「不弱。稱得上是踏入超人境界一步的人物吧。」
她並不弱。
也受屬下愛戴。

卡羅琳麾下的領民，直到全數遭到殲滅為止，沒有一人逃走。
不惜自身性命，戰到最後一兵一卒。
我在戰場上也一度承認，她算得上是傑出的人物。
該怎麼說才好。
波瑟魯領的結局、內情，以及誤會，一想到這些就令人覺得空虛。
卡羅琳太缺乏遠見。
更重要的是運氣太差。
過程中只要稍有不同，可能已經迎來瑪蒂娜成為波瑟魯領繼承人的幸福結局。
我是這麼想的。
「母親太愚昧了。」
「別說母親的壞話。不嫌棄的話，也能在我領內為她建墳——」
「法斯特大人太溫柔了。不需要什麼墳墓。法斯特大人會遭人批評。」
想必如此吧。
剛才我說了蠢話。
怎麼可能為賣國賊建墳。
就算建了，也不能於墓碑雋刻其名。
屍體也並未長眠墳墓底下。
不過，我希望至少瑪蒂娜有別於旁人。

「瑪蒂娜，坦白說聽孩子貶低母親會讓我很難受。別這樣。」
「既然法斯特大人這樣說的話。」
孩子貶低母親，在旁聽著都令我覺得難受。
即便母親的過錯曾經波及孩子。
也許只是我的任性吧。
不，事實上就是任性吧。
我再度感到一陣空虛。
「法斯特大人，我已經通知對方了。」
從士長赫爾格氣喘吁吁地回到此處。
從維廉多夫國境線的另一側回來。
「對方怎麼回答？」
「對方說，誠心等候波利多羅卿大駕光臨。就第一印象來說並不差。」
「這樣啊。」
哎，不差當然是最好。
接下來。
我對著在後方領著好幾台馬車的英格莉特商會喊道：
「英格莉特！拜託讓瑪蒂娜坐到妳的馬車上！」
「法斯特大人，我是您的騎士學徒喔？我必須時時跟隨在您身旁。」

「老實說，和小孩子共乘一匹馬有失體面。妳就接受吧。」
暫時把瑪蒂娜藏到商會的馬車上吧。
我擔心的不是引發爭執。
如果我的預料沒錯，會引發麻煩事。
總而言之，不能讓瑪蒂娜坐在我背後。
「遵命。」
雖然不情不願，但瑪蒂娜點頭後下了馬背。
個性溫柔的飛翼主動壓低身子，協助她下馬。
我輕撫著飛翼的頸子。
看來牠心情轉好了。
這愛馬真教人沒辦法，大概是因為放牧了一整個月，一見到我的臉就朝我飛奔而來，用臉不停磨蹭我。
之後還咬住我的衣服使勁拉扯，要把我拉倒在地上。
抱歉啦。
飛翼真的很聰明呢。
生氣時的你也很可愛喔。
我藉著愛馬的可愛之處而逃避現實時——
「法斯特。我們這邊也準備好了。」

瓦莉耶爾大人對我說道。

看來第二王女親衛隊也已做好準備。

所有人整齊列隊。

「那麼，瓦莉耶爾大人。請向我們所有人下令前進。」

「知道了。全軍前進！」

瓦莉耶爾大人與我。

率隊的我們兩人騎馬並行，而在我們背後，第二王女親衛隊與我波利多羅領的領民排成一列，邁步前進。

更後方則是英格莉特商會的數輛馬車，上頭載滿了商品。

英格莉特，妳這麼快就想做生意了喔？

對了對了，「那個」妳應該有小心翼翼地維持最佳狀態吧？

我擔心起「那個」。

準備贈送給維廉多夫女王卡塔莉娜的禮物。

我左思右想，最後只想到這個辦法。

要如何斬斷卡塔莉娜的心，我毫無頭緒。

只能臨機應變。

在我如此思考時，見到國境線的另一頭出現人影。

論騎士的實力，比起第二王女親衛隊，毫無疑問是對方比較強。

大概是維廉多夫戰役的經驗者吧。

這樣經驗豐富的十數名維廉多夫騎士在該處等候。

「我為安哈特王國正使，第二王女瓦莉耶爾！」

「我為安哈特王國副使，法斯特・馮・波利多羅！」

報上名號。

在國境線前方，靠近到數公尺處，我們高聲自我介紹。

然而。

「波利多羅卿！脫下頭盔吧！」

對方的回答卻不是維廉多夫指揮官的名號。

而是要我脫下頭盔的要求。

「不合適嗎？其實我還滿中意的啊！」

「不合適。那魁梧身軀和那匹馬，你想必就是法斯特・馮・波利多羅吧！不過那頂巨盔，與你那身豪華的溝槽鎧甲未免也太不相配了！」

爽朗的大笑聲。

並非出自侮蔑。

而是見到友人打扮得稍嫌土氣時的笑聲。

我不禁苦笑。

其實我還滿中意這頂桶盔。

雖然視野有點狹小。

我脫下頭盔，秀出藏在底下的苦笑。

在一段時間裡，維廉多夫所有人都沉默不語。

而且還默默地凝視著我的臉龐。

「很好！非常好！更勝英傑詩歌的美男子！」

「在安哈特王國倒是全無緣分！至今也沒人願意來當妻子！」

「既然如此！何不來我國！法斯特．馮．波利多羅這般的美男子，我國任何人都歡迎！全領民的女人，人人都垂涎三尺在等著你啊！」

居然想挖角啊。

哎，就第一次接觸來說，第一印象是不差。

雖然指揮官凝視著我的臉，身子猛然向前傾，好像快從馬上摔下來了。

「對了，不然我這個人如何！要我拋棄現在的丈夫也行！」

「很遺憾，我個人不和他人之妻有所牽扯！」

玩笑話還在持續。

接下來大概會由這位指揮官帶領我們直到維廉多夫王都吧。

我想趁這時儘量爭取印象分數。

「可惜！如果現在是遇見我丈夫之前就好了。我發自內心感到遺憾！」

「自己的丈夫應該好好珍惜啊！」

「的確如此！但還是不免惋惜！」

放棄得乾脆一點吧。

我真的不愛人妻。

也不想搶人老婆。

以前雷肯貝兒卿曾經要求我當她第二夫人，當時是情況緊急。

不過，寡婦我就可以。

反倒更興奮。

不重要的癖好。

心中如此想著的法斯特讓愛馬飛翼邁步前行。

「那麼，在麻煩妳放棄後，我要跨入國境線了喔？」

「稍等！」

指揮官高聲喊道。

緊接著，她以下巴示意站在身後那群身穿全套鎧甲的騎士們。

「這裡有幾位經過挑選的志願者。若你是真正的法斯特·馮·波利多羅卿，你也該明白她們為何志願吧？」

果然演變成這樣了。

「是啊，我知道。要一對一決鬥是吧？有未開鋒的劍嗎？我可不想在和平談判的路上鬧出人命。」

「已經準備了兩柄。休息時間任你指定！要馬上還是徒步比試，都聽你的！但是，一旦我方的志願者打倒了你，希望你願意成為那人的夫婿！不強求你投靠我國。但長姊之外的孩子要交給我國！以培育維廉多夫將來的英傑！」

非常好。

一切事態都不出所料。

先下馬吧。

我可不希望有個萬一害飛翼受傷。

哎，因為有新完成的馬具——佈滿魔術刻印的紅布有如馬鎧般覆蓋愛馬的身體，現在的全武裝飛翼絕對不會受傷就是了。

不過，不怕一萬只怕萬一。

「稍等一下！法斯特，你真的要接受決鬥？我們是來和平談判的喔？況且就算你贏了，又有什麼好處？」

瓦莉耶爾大人慌了手腳。

也許我該事先告訴她事情會演變成這樣吧。

哎，現在說明或事先說明也沒差吧。

「雷肯貝兒卿。」

我說出了一個人名。維廉多夫首屈一指的英傑。

「瓦莉耶爾大人。在那場維廉多夫戰役中，雷肯貝兒卿其實可以不由分說，直接命令騎士團包圍我，把我亂劍砍死。但是她沒有這麼做。」
我戴上桶盔，重新扣上連結釦，同時對瓦莉耶爾大人說明：
「因為她是維廉多夫的英傑。」
說明就這麼簡單。
只憑這樣的理由，雷肯貝兒卿接受了我的挑戰。
我知道那出於維廉多夫的文化，出自她們的價值觀。
然而。
「我則是安哈特的英傑。」
即便這渾身肌肉的魁梧身軀在安哈特國民之間受到侮蔑。
儘管我只是領民區區三百的弱小邊境領主騎士。
唯獨這點，是安哈特王國中人人都承認的事實。
「對方當時沒有迴避我的挑戰。我想我也沒有理由迴避。即便這是和平談判，無論在任何時候、任何場所、任何狀況下，我絕不會逃避維廉多夫騎士的挑戰。如果我逃走了，遠在瓦爾哈拉的雷肯貝兒卿想必會怨嘆自己竟然輸給那種男人吧。與雷肯貝兒卿的決鬥，是我的榮譽。唯獨這點無法退讓。」
「說得好！」
神情激動。
與我相反，指揮官脫下頭盔凝視著我的臉，百感交集般大喊：

「說得好！真如同英傑頌歌！配得上我們維廉多夫的永遠勁敵！」
指揮官展開雙臂放聲吶喊。
隨後她對背後的騎士們叫道：
「妳們想必無法勝過那頭美麗野獸。這我也明白。但是，要戰得不愧對自己！」
「是！」
騎士之中一人向前邁步。
我裝好了巨盔的連接釦，將頭盔完全戴穩。
隨後我從靜靜走向我的維廉多夫士兵手中接過未開鋒的劍，檢查劍身。
嗯，還不錯。
用這樣的武器，只要手下留情就不至於奪人性命吧。
「那麼就開始吧。」
我輕拍飛翼的腹部。
愛馬飛翼理解了我的用意，雖然不大情願，但還是從我身旁離開。

※

「這個，真的是來和平談判？」
「瓦莉耶爾大人，既然對方是維廉多夫，這才是正確的方法吧？」

我自言自語。

背後的親衛隊隊長薩比妮回答我的嘀咕。

正好，在單挑決鬥結束前就先與她對話吧。

「要說野蠻好像也不太對。不過感覺好像就是有哪邊搞錯了。」

「雖然覺得不對勁，既然我的波利多羅卿接受，那也沒辦法。」

什麼時候變成妳的人了？

薩比妮的發言讓我感到幾分疑惑，但我繼續追問薩比妮。

「……妳從什麼時候和法斯特開始交往了？哎，我是不會阻止啦。」

「不，正確來說尚未開始交往。」

這樣還敢說什麼「我的波利多羅卿」？

薩比妮展現一如往常嚴重的妄想症。

她已經病入膏肓。

我如此認定。

「但是，在這次和平談判的旅程中，總該有一次機會與他上床吧。」

「沒那種時間啦。」

真的不可能有這種空檔。

接下來每一天，維廉多夫會對我們設下名為保護安全的嚴密監視。

板金鎧甲彼此碰撞的聲響，金屬彼此摩擦，發出讓背脊發涼的聲音。

我看向法斯特，他正用自己身體衝撞對方的全身鎧甲，切入格鬥戰。

法斯特對格鬥術也有造詣嗎？

其實那超過兩公尺的高大身軀本身就是一種武器吧。

對方想必無法抵禦。

「啊啊，拋出去了。」

「拋出去了呢。」

法斯特將身穿全套鎧甲，身高將近一百八十公分的敵方騎士猛力拋飛。

背部猛然撞地，敵方騎士無法動彈。

法斯特走向那名騎士，將未開鋒的劍輕輕觸及頸部。

聲音十分輕盈，充滿了手下留情的意味。

「勝者，法斯特．馮．波利多羅！」

敵方指揮官宣告決鬥結果。

雖然在初次上陣的戰場上已經一度親眼目睹，但法斯特還真強啊。

兩公尺的魁梧身軀，更超乎外觀之上的力氣，再加上面對一百名敵人時，獨自一人就到處殺戮了超過五十人的怪物級體力。只要進入一對一的情境，就連他本人都有自信絕對不會輸。堪稱是上天賜予的戰鬥才能。

難道世上真的有人類能勝過他嗎？

「看來是不用擔心他會在決鬥中落敗……不過法斯特剛才說無論何時何地，無論何種狀況都不例外。」

「他是這麼說過。」

「在這趟旅程中，這種事情會一次又一次發生嗎？」

現在還在國境線前方。

我們甚至還沒有踏入維廉多夫的國境。

這種事在維廉多夫國內還會屢次上演？

我憂鬱地嘆息。

第33話

於空虛的王座

「這是在搞什麼？」

我如此出言責難。

國境線上的騎士們自作主張。

對於我以維廉多夫女王，伊娜・卡塔莉娜・瑪麗亞・維廉多夫之名准許入國的使者，竟如此無禮。

「對方的來意可是和平談判喔？真的明白嗎？不，是因為明白才刻意做出這種事嗎？」

「她們心知肚明。雖然入國前的決鬥完全是一廂情願的判斷。」

眼前這位臉龐爬滿皺紋的老太婆，同時也是目光銳利超乎常人的軍務大臣，以異樣冷靜的態度回答。

「根據通訊器——水晶球的報告，在接受國境線的騎士們的決鬥時，法斯特・馮・波利多羅首先如此宣言：『無論在任何時候、任何場所、任何狀況下，我絕不會逃避維廉多夫騎士的挑戰。如果我逃走了，遠在瓦爾哈拉的雷肯貝兒卿想必會怨嘆自己竟然輸給那種男人吧。』聽了他這番宣言，使得騎士們失控了。」

「雷肯貝兒啊。」

每次聽聞這名字，就有不可思議的感情困住我。

人稱喜怒哀樂的情緒之中，這就是名為「哀」的感情嗎？

我就連這件事都無法理解。

「真的無法阻止？」

「沒辦法。聽聞那宣言的時候，記錄官認為非得傳遍維廉多夫王國，使用魔法水晶球將這份記錄傳到各地了。儘管深知身為記錄官的職責，但畢竟也是維廉多夫的騎士。」

「意思是不能被他看輕？」

不懂那種感情的我，無法理解這般行為。

我單純對軍務大臣提出我的見解。

「完全相反。聽了那番宣言，這下子不起身挑戰反倒失禮。必須回報願意接受維廉多夫一切的法斯特・馮・波利多羅。她們是以這樣的心態挑戰。同時，這也是源自對雷肯貝兒卿的敬愛。」

「對雷肯貝兒的敬愛？」

「是為了追悼雷肯貝兒卿。至今依舊沒有任何人能夠接受這位英傑的逝去。」

騎士、士兵和國民之中，大多數人都沒見過雷肯貝兒的遺體。

明明是我國的英傑，卻因為鎩羽而歸，按照慣例採取了不經遊行的低調下葬。

沒見過野花環繞之中，一如往常般將眼睛瞇成一道細線，淺淺微笑的雷肯貝兒的遺容。

沒見過因為憤怒騎士的猛攻，鎧甲上留下無數劍痕，彷彿仍置身戰場的遺體。知道她名號的許多人，都沒有親眼見證她的結局。

雷肯貝兒啊。

我感到悲傷。

我已經接納了妳的死。

在妳的葬禮上，妳的獨生女妮娜小姐對我說的那句話，至今仍言猶在耳。

她說，卡塔莉娜女王確實受到母親所愛。

然而我卻無法理解那份愛情。

因為我天生有缺陷。

沒有妳的輔佐，只是個有缺陷的女王。

我這個冷血女王因為失去了妳，這下成了空虛的木偶。

現在只是憑著一絲餘燼，頂著冷血女王卡塔莉娜的名號，處理政務的生物。

「挑戰法斯特·馮·波利多羅，與追悼雷肯貝兒卿有關嗎？」

「如果是敗給這麼了不起的騎士，那也是無可奈何。人人都想要這樣的理由來說服自己。於是非得所有人都挑戰法斯特·馮·波利多羅，並且所有人都輸掉不可，否則就無法接受。儘管逝世後已經兩年，那位英傑雷肯貝兒卿，依舊沉眠於眾人心中。」

「為了接受啊。」

那麼，我也該接受這番說法。

整個維廉多夫、騎士、士兵與國民都尚未辦到。

目前尚未真正接受英傑雷肯貝兒之死。

那麼就讓所有人都接受吧。

置之不理即可。

「既然如此，就允許我國維廉多夫的每位騎士一對一挑戰法斯特・馮・波利多羅。國境線上騎士們的一時失控，也不加以過問。」

「這樣好嗎？」

「這不就是維廉多夫的作風嗎？」

道理上能夠理解。

就是這樣的國家。

雖然無法理解那種感情。

維廉多夫就是這種國家。

既然如此，我就接受這樣的事實吧。

「法斯特・馮・波利多羅現在人在哪裡？」

「在國境線的一對一決鬥中，不曾休息就連續擊敗經過選拔的六名精銳騎士，之後已進入我國。在安哈特國境線的前線指揮官帶領下……雖然情報稍有延遲，要繼續說下去嗎？」

「無所謂。水晶球的通訊數量也有極限。並非直到王都路上的所有地方領主全都持有水晶球。」

軍務大臣沉沉點頭。

雖然無關緊要，這老太婆究竟幾歲了？

我和雷肯貝兒第一次相遇時她也在場，當時我才五歲，印象中那時她已年邁。

哎，真的無關緊要。

「前往王都的路途中，於路上經過的每個小村莊、城鎮、地方領主持有的領地、直轄領及諸侯領，在每個場所都進行過決鬥。」

「結果呢？這應該也不用問吧。」

「全勝。直轄領的地方官、地方領地的領主、諸侯領的知名騎士、不分領地規模大小，代表那塊土地的騎士，以及受到選拔的騎士紛紛向他挑戰。面對這些對手，他從未要求休息，目前連戰皆捷。」

可以想見。

若非如此，也不可能勝過雷肯貝兒。

啊啊，那傢伙是真正的英傑。

「如此一來，她們就接受了嗎？」

「想必會就此接受吧。啊啊，雷肯貝兒卿是真的逝去了。這樣的消息不久就會傳遍全國，讓每個人都不得不接受吧。」

「這樣啊。」

有些無法釐清的事物在心底悶燒。

維廉多夫戰役後經過兩年多，至今仍然無法接受的騎士們。

這下終於接受了雷肯貝兒之死。

那讓我心中點燃了奇妙的火種。

「目前法斯特・馮・波利多羅經過幾次一對一決鬥了？」

「六十八次。六十八戰六十八勝。不過情報總是晚一步，想必這當下仍在不斷增加。」

「這樣啊。」

在抵達這裡之前。

按照這速度，抵達我所坐的王座跟前時，他也許會達成一百戰一百勝。

「英傑究竟是什麼呢？為何世上會出現雷肯貝兒與法斯特這樣的存在？」

「原因無人知曉，彷彿魔法般的現象。只能說是神所鍾愛的人物。不過，卡塔莉娜大人提及的兩位，想必都是千年才會出現一次的英才吧。」

「我這選帝侯維廉多夫底下，超過百萬的所有領民之中，每隔千年才會出現一名的唯一一人嗎？」

然而我卻失去了這號人物。

失去雷肯貝兒的影響之深遠。

居於北方草原的遊牧民族，侵擾維廉多夫的掠奪者重視情報，不與沒勝算的對手交戰。

所以被雷肯貝兒滅族之後，銳氣盡失的北方遊牧民族們不再攻向維廉多夫。

然而一旦得知雷肯貝兒已逝，遲早會再度開始掠奪我國。

「各方面都得構思對策。」

帝國——我國所隸屬，不，應該說姑且好心歸屬的神聖古斯汀帝國。

身為選帝侯的安哈特王國，以及維廉多夫王國擁有選舉權的帝國送來了通知。

建議兩國立刻停止戰爭，攜手合作，殲滅北方遊牧民族。

至今兩國都對此視而不見。

區區皇帝，根本沒有資格對我們選帝侯的所作所為指指點點。

我們的國家是我們自己的，只按照我們自己的想法過活。

什麼帝國皇帝，只不過是一顆砍掉就能更換的頭顱。

至今為止一直都如此。

然而。

「神聖古斯汀帝國的報告，妳怎麼看？」

「您在意嗎？絲路彼端遙遠東方的情勢。」

「唔嗯。」

神聖古斯汀帝國捎來了一份令人在意的報告。

上頭記載，在東方有個王朝滅亡了。

是遊牧民族消滅了那個王朝。

如果說得更明確點，應該稱之為遊牧國家吧。

簡而言之，據說遊牧民族統整起來化為國家，消滅了一個王朝。

那些傢伙們組成部族聯盟侵擾我國的狀況並不少見——但是遊牧民族彼此之間也鬥爭頻傳，過去沒有稱得上是國家的緊密結合。

據說這樣的民族合而為一了。

我思索著。

努力思考啊，伊娜・卡塔莉娜・瑪麗亞・維廉多夫。

那個遊牧國家是否有自東方揮軍侵襲我國的可能性？

答案是否。

太遙遠了。

擴大需要時間，沒錯，想必需要很多時間。

不只是遊牧民族，神聖古斯汀帝國也如此，一旦扯上權與利，人就不會輕易團結一致。

儘管如此。

「人不會輕易團結一致。然而現實卻是團結一致的遊牧民族們擊敗了一個王朝。」

「如果成功整合，有個能統一部族的強大領袖，想必十分強悍吧。即便是我們，也不曾輕侮她們是群弱者。」

「在東方大草原上，為爭奪水源而永遠互相殘殺，遭遇暴雪、寒冷、強風、飼料枯竭與世上所有災禍，無論今生來世都下地獄，這樣明明最好。」

實在棘手。

一旦遊牧民族統一，將是非常棘手的存在。

神聖古斯汀帝國的報告恐怕真是事實。

已有數名武將，相當於東方的騎士流落至我國。

她們聽說在我國只要有武力，就能得到軍事上的階級。

因為得知這條件，她們千里迢迢從滅亡的國度來到西方。

有朝一日那些傢伙們會來。

她們說，屆時想要復仇。

「神聖古斯汀帝國的報告非子虛烏有，這我明白。」

「這一點安哈特王國想必還不知情吧。」

「因為那個國家的身分制度稍嫌僵化，東方的武藝高手無從出人頭地。當然了，若是魔法師或優異的超人也許還另當別論……」

想必不會有任何一名武將選擇流亡至安哈特王國吧。

只要知曉國家的內部情勢，所有東方武將都會聚集至我國。

那麼。

「這份情報，事實上是東方武將帶來的情報，究竟要不要告訴安哈特王國呢？」

「安哈特王國真的會愚昧到不信任神聖古斯汀帝國的報告嗎？」

「不，我不認為會愚昧至此。畢竟當代的莉澤洛特女王算得上英明。至少優秀到被人拿來與同年代的雷肯貝兒做比較。」

應該會相信吧。

但是想必沒有實感。

除非像我國這樣，東方的武將憑其武藝在當地揚名立萬，並且告知威脅。即便是外國人，展現實力就有發言權，除非有這樣的國家制度。

一定程度以上的掌權者都要普遍理解，否則光是女王一人明白，也無從驅動國家。

現實就是如此。

「這下該怎麼處理呢？」

「畢竟還在為和平談判而迷惘的狀況啊。」

「是啊。」

該怎麼辦？

我口吐迷惘。

如果遊牧民族組成的遊牧國家，遲早會從安哈特與維廉多夫的北方侵襲而來，就必須攜手應戰。

但是無法信賴的夥伴和沒有實力的友軍比什麼都棘手。

更何況安哈特並非自己人。

也許維廉多夫獨自迎戰還比較好。

先侵略安哈特，掃除後顧之憂並增強國力的維廉多夫。

「……果然一切還是端看法斯特．馮．波利多羅。」

「結論還是如此啊？」

「我就在此等候。」

在這王座上，等候法斯特・馮・波利多羅到來。

就這麼單純。

在這王座的跟前，審視法斯特・馮・波利多羅這塊玉石。

並且藉此判斷。

判斷當今的安哈特王國。

無論重複多少次討論，該做的事情就這麼單純。

「卡塔莉娜女王，這件事就先放一旁。」

「怎麼了？」

「是時候該找個夫婿了……若不準備繼承人，將有礙國事。」

又是這話題。

我根本不打算生育繼承人。

「姊姊還活著，也娶了丈夫。把她的孩子當作我的繼承人即可。」

「……那不是塊料。卡塔莉娜女王的母親大人，她的確是位英明的女王，但是夫婿與長女，以及次女都不成才。」

「因為拒絕與我進行繼承決鬥？」

我如此問道。

我親手殺了長女和父親。

次女不同於長女，也不曾欺侮我，只是個平庸的凡人。

軍務大臣搖頭回答：

「不成器。單純就是不成器。拒絕與卡塔莉娜女王進行繼承決鬥，貪生怕死這點或多或少降低了評價……不過就下一代維廉多夫女王的母親而言，她實在不是那塊料。」

「也許她的孩子會是英才啊。畢竟她也繼承了維廉多夫王室的血脈。」

「如果奪走孩子，由卡塔莉娜女王來管教的話，也許有機會。」

如果這麼做妳就會承認？

我拒絕。

「我堅持拒絕。這種麻煩事我不幹。」

「那麼至少該生個孩子。不娶夫婿也無妨。隨便找個侍童捨棄純潔吧。」

「……」

我保持沉默。

因為麻煩。

因此我罕見地一直單身到二十二歲，依舊維持純潔之身。

我真會有愛上男人的某一天嗎？

肯定不會到來吧。

絕對不可能。

如果雷肯貝兒是男人，也許還有可能吧。

不過那是沒有意義的妄想。

啊啊。

一切都是空虛。

如今我的世界空無一人。

雷肯貝兒啊。

失去了妳，讓我單純只感到空虛，彷彿有非常重要的事物從我手中一去不復返。

我失去了什麼？

雷肯貝兒對我來說究竟是什麼人？

「啊啊。」

空虛。

軍務大臣枯啞的嗓音已經無法傳達。

在這空虛世界的空虛王座上，等候那男人抵達。

等候？

該不會我心中有所期待吧？

對那個擊敗我的雷肯貝兒的男人。

對法斯特・馮・波利多羅。

我閉起眼睛，不理會老太婆的怨嘆，決定在王座上小睡片刻。

祈禱著能夢見與如今已逝的雷肯貝兒之間的孩提時代的回憶。

第34話 祕密

「究竟還要多久？」

瓦莉耶爾第二王女因為眼前的光景而唸唸有詞。

刺耳的兵器交擊聲頻繁響起。

「這要持續到何時？」

「我不曉得。」

「呃，原因明明是法斯特啊。」

法斯特冷淡地回答我的疑問。

眼前有兩名騎士正爭執不下。

法斯特並未參與其中。

眼前兩名騎士爭執的原因就是法斯特，爭奪的對象沒必要介入其中。

向法斯特・馮・波利多羅挑戰的權利。

眼前的騎士正為此而爭執不下。

「妳該有自知之明！區區地方領主！妳的實力根本不足以挑戰波利多羅卿！」

「妳這法袍貴族，根本是安哈特那種豆芽菜騎士。我背負領地的一切，長年從軍累積經驗，難道妳自以為能比得上我？」

人家說我們是安哈特的豆芽菜耶。

哎，妳們要稱呼安哈特為豆芽菜也沒關係啦。

畢竟我們也會叫妳們蠻族嘛。

大概是感到厭煩了，法斯特走向兩人。

「討論就到此為止吧？兩位已經交鋒數十回合了，用未開鋒的劍想必無法分出勝負。就視兩位都有充分的實力，我願意與兩位都進行決鬥。」

到頭來還是演變成這樣。

法斯特直接打倒兩個人比較快。

雖然比較快。

「波利多羅卿都這麼說了。我只是擔憂這女人一回合就被打垮，成為維廉多夫之恥。」

「我也沒有異議。雖然我不認為這女人配得上當波利多羅卿的決鬥對手。」

「少胡扯。」

兩位維廉多夫騎士依然爭執不休。

早早把她們都打倒吧，法斯特。

乾脆一次對付兩個人也無妨。

我發出嘆息。

面對國境線上穿戴全副鎧甲的六名精銳騎士，法斯特打起來輕鬆寫意。

也許是因為還不習慣那套溝槽鎧甲，有幾回合身體被劍擊中，但不至於受傷。

雖然穿著有魔術刻印的鎧甲，照理來說還是不免疼痛。

但那強壯的身軀輕易抵抗了衝擊力。

每一場決鬥都在幾分鐘內結束。

國境線的指揮官大為嘆服，並說你真是如今已無須言語贅述的英傑。

如此表示後，她便帶領我們一行人前往王都。

這一路上，人人都想向法斯特發起決鬥，令人厭煩。

法斯特從不拒絕。

就如同他之前對我宣告的，他堂堂正正接受決鬥。

直轄領的地方官、地方領地的領主、各諸侯領也不分其領地大小，代表那塊土地的所有騎士，以及選拔而出的騎士。

此外，再加上想必到王都就沒有空閒發起挑戰，特地趕來近郊地方領的王都武官們。

不過這一切都已經接近尾聲。

這一連串吵吵鬧鬧的決鬥要求，終於要結束了。

只要離開這個城鎮，王都就近在眼前。

「瓦莉耶爾大人，您不擔心法斯特大人嗎？雖然我只是隨便問問。」

「那我也隨便回答。有這必要嗎？」

聽了騎士學徒兼法斯特的從士，瑪蒂娜·馮·波瑟魯的發言，我閉著眼睛回答。

妳知道這一路上已經打幾場了嗎？

九十七戰喔。九十七戰九十七勝。

加上眼前這兩人，就是九十九戰九十九勝。

啊啊，沒辦法乾脆達成百戰百勝還真是遺憾。

不過法斯特本人大概不曾一一細數吧。

他並非輕視對手。

只是天生就是這種個性。

他本來就不會特別計較擊殺人數和決鬥的勝利次數等等。

贏了也是天經地義。

對於這樣的結果，他接受的態度就彷彿面對自然而然的事物。

不過在維廉多夫的各個領地，會清楚記述決鬥時的狀況。

紀錄官留下的記述會變成傳說，並且成為法斯特的決鬥對手的榮耀吧。

這就是所謂的英傑嗎？

我這個凡人中的凡人無法理解。

儘管我在王宮受過身為替補的高等教育，近來也受到安娜塔西亞姊姊大人的指導。

到頭來我終究是凡人，能抵達的領域有其極限。

法斯特已經置身我無法理解的範疇。

哎，先不管這個。

「那麼，兩位先決定誰先——啊啊，不用了。又引發爭執也麻煩。請容我來決定。」
法斯特扣上了巨盔的連接釦如此說道。
快點收拾掉吧，法斯特。
這一路上我的擔憂全都是白操心。
法斯特不可能打輸。
維廉多夫的女王卡塔莉娜，當初想必也是這樣看待自己國家的英傑吧。
雖然敗給了法斯特這個體現武藝極致的男人。
當事人法斯特這麼說道。
曾有個英傑名叫雷肯貝兒卿。
這世上某處肯定也有比我更強的女人吧。
但是很遺憾，在維廉多夫恐怕已經不存在了。
他曾有些遺憾地如此呢喃——坦白說，我很懷疑能勝過法斯特的人類在這世界上真的存在嗎？
生前就被瓦爾哈拉的女武神矚目的這些強者之中，法斯特也算是特別強悍。
「那麼接下來就堂堂正正一決勝負吧。」
「賭上我的領地、領民和一切榮譽向您挑戰。」
決定第一個對手是地方領主了嗎？
哎，都好啦。

只是痛扁順序的先後差異罷了。
決鬥的過程連看都不用看。
歷經安慰性質的幾回合戰鬥後，讓對方明白法斯特的力氣之大。
把對方從背上摔落般拋飛出去，將未開鋒的劍擺到頸邊就結束了。
或者是直接推倒在地，同樣把未開鋒的劍擺到頸邊而落幕。
那是法斯特的體恤，憑著他的力氣要一擊分出勝負也不難吧，他只是不這麼做而已。
我再度煩惱。
不是因為法斯特的行動。
法斯特在接受挑戰時總會顧及對方的顏面，顯露一定程度的體恤。
雖然那是手下留情，但也許不該稱之為放水吧。
對此我並不煩惱。
至於我為何而煩惱。
「斬斷卡塔莉娜女王之心的方法啊。」
問題就在這裡。
這種一對一決鬥，不管打上幾場都沒有意義。
頂多只是提升維廉多夫的騎士們對法斯特的印象。
和平談判的結論全由維廉多夫的女王卡塔莉娜一手定奪，不解決她就無法解決問題。
快想啊，瓦莉耶爾。

我明白我只是形式上的正使，純粹只是個擺飾。

事實上，維廉多夫的每個人都不曾注意過我。

我就只是個擺飾。

但是，如果心甘情願接受，對法斯特實在太不好意思。

母親大人——莉澤洛特女王已經和我約好，一旦本次談判成功，就會提升親衛隊成員們的位階。

我至少要立下值得這份獎勵的功勞才行。

「瑪蒂娜，關於卡塔莉娜女王的和平談判。」

「是。」

我毫不猶豫地選擇借助九歲孩童的力量。

夠了，不准批評我。

我只是凡人。

借助他人之力有何不可？

我在心中如此無視不知從何處傳來的指責。

「這是我母親大人說的，她說若想讓和平談判成立，就必須斬斷卡塔莉娜女王之心。瑪蒂娜怎麼想呢？」

「啟程前，法斯特大人曾調查過卡塔莉娜女王的經歷，當時我也有幫忙蒐集資料。」

瑪蒂娜似乎理解來龍去脈。

「在王室賜予的別墅中，細聽來自維廉多夫的吟遊詩人唱卡塔莉娜女王的英傑頌歌，以知曉她與雷肯貝兒卿的軼事，也透過負責談判的官僚貴族的口述，盡可能蒐集來自維廉多夫的情報。不過，坦白說……」

瑪蒂娜一一細數。

法斯特似乎也在暗地裡有所行動。

瑪蒂娜深深嘆息後，做出結論。

「並未得到任何成果。」

這就是答案吧。

我也一樣。

憑著母親大人莉澤洛特女王的智謀，也只能提出抽象的建議。

斬斷卡塔莉娜女王之心。

她只有這麼說，卻沒有指點如何斬斷其心。

冷血女王卡塔莉娜。

不知何謂感情，只是平淡地按照事理而執行政務，也因而英明。

非人的卡塔莉娜。

甚至有這種蔑稱的維廉多夫女王。

國民並非厭惡她。

只是太過不近人情。

其英明幹練為國內任何人所承認。

雖然她尊重維廉多夫特有的價值觀，但非發自內心理解。

因為這一絲的反感，招致了騎士們的輕蔑。

一直到兩年前，還有相當於監護人的雷肯貝兒卿為她化解這一切反感。

如今這個人已不在。

「不過，法斯特大人似乎稍微——雖然只是一點點，他似乎有了方向。」

「他明白要如何斬斷卡塔莉娜女王的心了？」

「不，很遺憾不到這個程度。」

瑪蒂娜搖頭。

哎，沒那麼容易吧。

「欸，我能不能幫上一些忙？」

我試著發問。

當然我知道對九歲孩童這樣問實在丟臉。

但是，既然現在法斯特在眼前戰鬥，這女孩就是法斯特的代理人。

而且這孩子聰穎過人。

拋棄羞恥心，徵求她的意見也不是壞事。

「您不甘於純屬形式的正使嗎？」

「不甘心啊。」

我坦白回答。

希望至少有些貢獻。

雖然是個擺飾，但希望能發揮功用。

若要斬斷卡塔莉娜女王之心，我希望至少能幫忙打磨那柄劍。

我這麼想著。

「那麼，這樣的話。如果法斯特大人在之後，那個，該怎麼說才好。」

「之後？」

瑪蒂娜欲言又止，遲疑不決。

「如果之後遭到莉澤洛特女王大發雷霆時，可以請您一起道歉嗎？」

「嗯？」

我不懂瑪蒂娜的意思。

法斯特做了什麼可能挨罵的事嗎？

哎，想也沒用。

直接問吧。

「法斯特做了什麼可能挨罵的事嗎？」

「是的。據我所知，莉澤洛特女王陛下想必會大發雷霆吧。」

然而法斯特大人似乎不明白。

不，那也許稱得上妙計？

還是行為本身具有意義呢？

不，就算如此。

思考原地打轉。

反覆著看似思考的行為，瑪蒂娜如此喃喃自語。

我非常好奇。

「可以告訴我內容嗎？要道歉是可以。第二王女親衛隊也時常捅簍子，我也習慣向母親大人道歉了。不過，我也需要有心理準備。」

「這我不能告訴您。」

瑪蒂娜搖搖頭。

「這是為何？」

「因為在維廉多夫的女王大廳，與會騎士座無虛席之時，加上瓦莉耶爾大人的反應，全部都是獻給卡塔莉娜女王的贈禮。」

「妳在說什麼，老實說我聽不太懂。」

我眺望著遠處乘坐於馬車上的法斯特家專屬商人，英格莉特商會會長英格莉特的模樣。

「祕密就藏在那位名叫英格莉特的商人小心翼翼地守護著的馬車裡頭？」

「是的，那個就在那裡。」

「那個喔……」

英格莉特商會的衛兵。

她們嚴加保護的並非貨品，完全只針對那輛馬車。

英格莉特偶爾會緊張兮兮地進入馬車內，之後彷彿發現百般珍惜的東西並未損壞，一臉安心地離開馬車。

上頭到底裝著什麼？

究竟藏著何物？

「哎，既然這樣我就不再追問詳情。到時候我也一起道歉就好了？」

「如果您願意，肯定會幫上大忙。」

瑪蒂娜「呼」地輕聲嘆息。

隨後筆直看向前方。

劍擊聲已停止，傳來的是鎧甲互相碰撞的聲音。

勝負分曉了吧。

法斯特將對手的領主騎士壓倒在地。

未開鋒的劍也已經確實貼在頸子上。

「九十八戰，九十八勝。法斯特・馮・波利多羅勝利！」

擔任我們嚮導的國境指揮官宣告勝利。

「妳的身手並不弱。只是我比較強。」

「不需要安慰我。我至少明白你已手下留情。」

法斯特雖然出言安慰對方，但敵人卻回以喜悅的語氣。

「這也沒辦法。你果然是英傑。雷肯貝兒卿會敗北也是沒辦法的事。歷經堂堂正正的決鬥，我們的英傑英勇戰死了。」

最後像是接受了某些事情，以表達惜別的態度，接納雷肯貝兒卿的逝去。

輸給法斯特的每個人都會這麼說。

這對她們而言肯定是種儀式。

對雷肯貝兒卿的追悼儀式，別無其他意義。

在眼前重覆上演了九十八次，即使是我這凡人也能清楚明白。

「請伸出手。」

「好的。」

法斯特緊緊握住領主的手，拉起她的身子。

安哈特與維廉多夫。

雖然彼此是敵人，但這之中的確有騎士的尊嚴。

話說回來。

什麼都辦不到仍舊令我覺得窩囊。

既然如此，至少我也該辦到瑪蒂娜拜託我的事。

「靠你了，法斯特。」

我是個凡人。

到頭來，當對手是卡塔莉娜女王，我也只能仰賴顧問法斯特。

我眺望著法斯特・馮・波利多羅的第九十九場決鬥開始，默默祈禱眼前這男人真能斬斷卡塔莉娜女王之心。

第35話 歡迎遊行

維廉多夫王都之中，最繁華的街道就是寬敞而且直通王宮的漫長大道。

王都民眾正引頸期盼。

等候來自安哈特王國的使者，法斯特．馮．波利多羅到來。

在民間，其英雄頌歌早已耳熟能詳。

美得無法想像是人類，魅力堪稱魔性之流。

如太陽般的鋼鐵身軀。

身高超過兩公尺的巨漢。

一切都是維廉多夫的價值觀推崇之物。

自從他確定作為使者造訪維廉多夫後，傳說的新章仍持續譜寫。

始自國境線上，從他親口宣告「既然維廉多夫的英傑雷肯貝兒卿沒有迴避決鬥，我也不迴避」而揭開序幕後，多達九十九次的決鬥。

在抵達王都的路程中，一路上進行的決鬥，對手盡是在軍務上知名的騎士，人人皆精銳，沒有一人是維廉多夫的軟弱騎士。

但法斯特．馮．波利多羅樹立全勝紀錄。

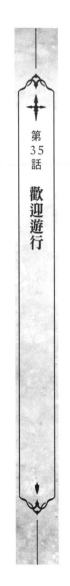

在感到陌生的敵國旅途中，面對大排長龍的決鬥志願者，從不休息的連戰，儘管處在這般條件。

儘管如此，結果是九十九戰九十九勝。

根本是傳說中的生物。

啊啊，原來如此。

雷肯貝兒卿果真已踏上前往瓦爾哈拉的旅途了。

歷經堂堂正正的決鬥後，毫無疑問已經死去了。

全國都不得不如此承認的結果已經擺在眼前。

那麼——

既然如此，應當承認。

既然如此，理當讚揚。

若非如此，就會傷及戰敗的雷肯貝兒卿的榮譽。

讓遠在瓦爾哈拉的那位英傑蒙羞，身為維廉多夫的人民絕不能容忍。

在這條大道上放聲嘶吼，以歡呼迎接他。

迎接打倒了雷肯貝兒卿的敵國英傑。

人人都這麼想著。

而且迫不及待。

等待英傑到來。

「來了啊——！」

不知誰吶喊了。

隊伍最前方，維廉多夫國境線的指揮官為英傑嚮導。

指揮官乘坐在馬上高舉長槍，槍尖上掛著維廉多夫的國旗。

在她身後，是正使瓦莉耶爾第二王女，在第二王女乘坐的馬匹後方，彷彿為她護衛的第二王女親衛隊正徒步移動。

在國民眼中，這些人無關緊要。

重點是這些人後方——似乎不太對。

「嗯？」

眾人都深感納悶。

那的確是一如傳聞的體態。

超過兩公尺的壯碩身軀。

精心刻滿魔術刻印的豪華溝槽鎧甲下，想必塞滿了讓維廉多夫女性為之瘋狂的肌肉吧。

這無庸置疑。

背上也真的揹著一柄常人恐怕連揮動都成問題的巨劍。

緊接著是馬。

的確是匹「驃悍」的駿馬。

馬身披著一塊有如馬鎧般滿是魔術刻印的紅布，堪稱與英傑相配的座騎，眼眸中閃爍著更勝凡夫俗子的靈性。

但是。

但是事與願違。

「水桶？」

不知何人這麼說了。

為何頭上戴著巨盔？

在不知巨盔之名的人們眼中，那模樣像極了日常生活中使用的水桶。

只能這麼聯想。

和那身豪華的溝槽鎧甲相比，實在一點也不匹配。

「把臉秀出來！」

「對啊，我要看臉！」

噓聲般的要求朝著法斯特不斷飛來。

身軀無從挑剔。

的確是維廉多夫喜好的體格。

想必屁股也一定很讚。

但是，沒見到臉還是無法斷言。

雖然這是為了讚頌雷肯貝兒騎士團長的追悼。

然而同時也想親眼目睹那容貌。

讓英傑雷肯貝兒騎士團長不禁渴求第二夫人的那張臉孔。

欲親眼目睹也是萬人空巷的理由之一。

群眾們放聲吶喊，雖然每個人的用詞都不太一樣，但意義都相同。

「脫下那頂不相配的桶盔，秀出你的臉！」

回應這樣的群眾要求。

響亮的笑聲。

讓群眾們不禁覺得，彷彿在戰場上也會如此放聲大笑的豪爽笑聲。

法斯特如此回應：

「可以啊！我這就露臉！」

一聽見這句話，隊伍頓時停止前進。

在前方騎馬前進的國境線指揮官體恤地放下槍尖，讓隊伍停止前進。

解開桶盔連接釦的喀嚓聲響起。

群眾嚥下唾液，屏息以待。

於是法斯特脫下頭盔，將其攬在腋下。

群眾見到了那張臉。

「——」

鴉雀無聲。

那真是人的容貌嗎？

真的不是魔人之類的嗎？

當然這感想絕非負面的意義——

「好美。」

不知誰說出這句話的同時，圍觀這支隊伍和這場遊行的數千名女人中，有幾百人的胯下頓時因愛液而濡濕。

那真的是人類嗎？

因為那肌肉結實的體格與高大的身軀，在安哈特王國被揶揄為醜男？

無論任何人都感到不可思議。

在維廉多夫正好完全相反。

「實在是太美了。」

像是感到有些為難般羞赧微笑。

平常想必木訥寡言吧。

從那表情就能輕易洞悉其為人處事。

無論是超過兩公尺，除了魁梧二字無以形容，彷彿能俯視周遭一切的龐大身軀。

或者是想必正沉眠於溝槽鎧甲底下，那身結實的鋼鐵肌肉。

這一切的一切。

都讓維廉多夫的女人為之傾心。

空氣一瞬間凍結了。

像是要打破那空氣，覺得已經非常充分。

國境線的指揮官如此判斷當下狀況，抬高了槍尖。

隊伍開始行進，遊行繼續進行。

法斯特．馮．波利多羅與他的座騎飛翼再度開始前行。

那身姿對維廉多夫展現了完全的美。

群眾嘩然。

「太美了！不愧是擊倒了雷肯貝兒卿的英傑。居然連神態和姿態都如此美麗！」

身穿高級衣物的上級市民展開雙臂，深受感動般放聲讚美。

「拜託和我決鬥！拜託！求求你！一次就好了！」

四名從士全力攔阻身穿鎧甲的騎士，以免她闖進隊伍中。

「這才是……這才叫做美術。活生生的藝術作品。」

表情緊繃的藝術家從二樓窗口觀察法斯特，揮筆素描。

民眾盡其所能讚美。

千言萬語都在讚揚法斯特．馮．波利多羅。

這份紀錄過了千年肯定也會繼續流傳。

法斯特．馮．波利多羅的旅程。

自國境線陪同至今，並且記錄了這一切的記錄官騎士如此低語。

筆直通往王宮的漫長大道。

在夾道的歡呼聲之中，遊行隊伍繼續向前。

跟在隊伍最後方的三十名波利多羅領民，因為敬愛的領主大人終於得到應有的評價而面露自豪的笑容。歡呼聲一直持續到一行人來到王宮，過橋越過護城河後，橋面升起，城門關閉之時。

不，在那之後歡呼聲依舊不止。

彷彿見到了神親手打造的精美藝術品。

人人都忍不住與恰巧就在身旁的女人訴說彼此目睹的美麗，讚美之聲此起彼落。

※

「如果生在維廉多夫就好了。」

「法斯特大人，有些話就算是玩笑也不該說。」

「呃，會想這樣說也很正常吧？反應和安哈特差太多了。」

在我發表感想後，瑪蒂娜與從士長赫爾格接著說道。

我以苦悶的表情呢喃。

「為什麼我在維廉多夫這麼受歡迎，在安哈特就無人問津？這世界太奇怪了吧。不，絕對是這世界有問題。」

「要不要連同領地一起出奔至維廉多夫呢？」

「如果領地會走路，我也想啊。」

我和赫爾格開起玩笑。

抱怨一兩句也不會遭到報應吧。

我們兩人雖然擺出這種表情。

「法斯特大人，瓦莉耶爾第二王女與其親衛隊都在場。萬一她們聽見的話。」

「知道了。我不說就是了。」

聽見瑪蒂娜的責難，我沉默不語。

薩比妮。

第二王女親衛隊長，薩比妮。

擁有衣物也壓不住的火箭型胸部，目前唯一對我真的抱持興趣的女性。

我想儘量避免被她討厭。

不願失去火箭胸部。

真的不想失去。雖然那傢伙腦袋有問題。再次重申，腦袋真的非常有問題。

可是，我一直沒有機會與薩比妮幽會。

為打造溝槽鎧甲，長達一個月天天到鍛造場報到。

之後又忙著蒐集有關卡塔莉娜女王的情報，餞行會上又被莉澤洛特女王打擾。

越過國境線之後就更不用說了，每天都在決鬥。

如此一來我究竟要如何與薩比妮，與那火箭胸部接觸啊？

就連多聊幾句的時間都沒有。

頂多只能打個招呼罷了。

世界待我不公。

哎，也罷。

反正每次都這樣。

世界總是故意虧待我。

我法斯特．馮．波利多羅默默加以放棄。

切換心態。

終於來到晉見卡塔莉娜女王的時候了。

「赫爾格，之前說的那個，妳已經從英格莉特商會那邊拿回來了嗎？」

「是的，就在這裡。」

布料覆蓋的某物。

平安將之交到我手上後，英格莉特說這是她畢生中運送起來最緊張的貨物。

可以想見。

「法斯特大人，這下絕對會惹莉澤洛特女王生氣喔。我之前已經拜託瓦莉耶爾大人到時候陪您一起道歉了。」

「真有那麼糟糕？」

「當然糟糕啊！」

瑪蒂娜責備道。
莉澤洛特女王一定會生氣吧。
不過頂多也只是挨罵。
我覺得大概就這種程度而已。
「好，要晉見了。沒什麼問題吧？」
「除了那頂巨盔之外應該沒有。回去之後一定要換頂新的。」
我明明還滿中意這頂桶盔的。
為什麼大家都這麼不喜歡？
我甚至覺得戴這頂就好了。視野的狹窄大概能靠直覺彌補。
在決鬥上也派上用場了喔。
雖然沒有也能贏。
話說回來，維廉多夫的騎士果然比起安哈特的騎士更加精實。
雖然是來自國內各地的精銳，但經過九十九次單挑後，這是我誠實的感想。
不過，終究是頂多稍微涉足超人領域的集團。
終究沒有騎士能像雷肯貝兒騎士團長那樣，讓我產生「我該不會會輸？」的緊張感。
「巨盔就先交給赫爾格保管。妳進不了晉見大廳，會在其他廳室接受款待。」
「遵命。」
將巨盔交給赫爾格。

「瑪蒂娜則是騎士學徒，擔任從士跟在我身旁。給卡塔莉娜女王的贈禮就由妳拿著。」
「真的要交出去？哎，事到如今我也不會阻止就是了。」
瑪蒂娜露出放棄的沉靜表情如此說道。
「就讓我們看看，這招能否斬斷卡塔莉娜女王之心。」
我不認為有效。
但是，除此之外我想不到其他手段。
雖然事先用心蒐集了情報，從吟遊詩人傳唱的雷肯貝兒騎士團長與卡塔莉娜女王間的軼事之中，我唯一只得到這個靈感。
「結果會如何，我法斯特也毫無頭緒。只能見招拆招！」
抱歉了，瓦莉耶爾第二王女。
她在嚮導指引下走在前方，自從步入維廉多夫國境線至今，首次受到作為正使的待遇。
我看著瓦莉耶爾大人那嬌小的背影。
雖然會請妳扮演丑角，但我對妳並無惡意。
我只想得到這種手段。
博取卡塔莉娜女王面露一笑。
為了達成目標，需要瓦莉耶爾大人的反應。
「話說回來，雷肯貝兒卿啊。愈是聽聞她的事蹟，就愈讓我感受到一件事。」
「什麼事？」

「也沒什麼。雷肯貝兒卿想必是真心愛著卡塔莉娜女王吧。」

我看向瑪蒂娜抱在懷裡，布料覆蓋的那玩意兒。

之前休假時，我要求吟遊詩人唱出所有知曉的卡塔莉娜女王與雷肯貝兒卿的英雄頌歌。

就在那時候聽聞了兩人之間的奇妙軼事。

那位雷肯貝兒卿，只有一次與卡塔莉娜女王一起受到宮廷的懲罰。

在政治、軍事與戰鬥上都無懈可擊。

擁有全方面的才華，想必遠遠凌駕於我之上的超人。

這樣的雷肯貝兒卿竟然會受罰。

從那軼事就能清楚明白她的心境。

「想必是真的很愛她吧。」

「我無法理解。卡塔莉娜女王因為單方面領受的愛情，曾對雷肯貝兒卿有所回報嗎？應該只是雷肯貝兒卿單方面宣誓效忠，不斷奉獻功勞吧？」

「瑪蒂娜。」

我語帶幾分責備，輕喚瑪蒂娜之名。

「不強求完全不渴望回報。但是，單純只索求回報的也不叫愛。而且甚至有些愛情，是直到對方臨死之時，不，甚至是死後才會察覺。」

「這是親身體驗嗎？」

「對。而且死者也許已經心滿意足。在對方死後才察覺愛情，在對方死後依舊付出心意，因此傳達給已逝之人，可能也存在這種愛。」

若不這麼想就難以承擔。

母親大人。

在妳活著的時候，我從未盡孝道。

但是，妳留下的領民與領地，我至少能保護這一切。

沒錯。

為此，我有必要達成與維廉多夫之間的和平談判。

走在前頭的瓦莉耶爾大人並未回頭，只是對我說道。

「馬上要開始了喔，法斯特。」

我深吸一口氣，回答瓦莉耶爾大人。

「明白。」

我那彷彿敲打銅鑼的聲音，在寧靜的維廉多夫王宮走廊上迴盪。

第36話 採花賊

沒有任何感想。

美得無法想像是人類，堪稱魔性之流。

如太陽般的鋼鐵身軀。

身高超過兩公尺的巨漢。

維廉多夫讚賞的一切要素。

這般價值觀所能想像的理想之美也無法觸及，相當於美的代名詞。

法斯特．馮．波利多羅。

儘管目睹維廉多夫人人都如此讚揚的身姿，情感依舊毫無起伏。

「我是本次談判的正使，安哈特王國第二王女，瓦莉耶爾．馮．安哈特。」

聽說瓦莉耶爾第二王女今年十四歲。

擔任正使的瓦莉耶爾第二王女還給人年幼的印象，她捏著禮服的裙襬稍微往上提，以免在行屈膝禮時裙襬著地。

還真年輕。

我的十四歲。

正好就是我歷經繼承決鬥，成為女王的時候吧。

那時候，雷肯貝兒才二十四歲吧。

我憶起過去。

自我介紹未完。

「我是談判的副使，法斯特．馮．波利多羅。」

沒戴頭盔，身穿全套鎧甲的他單膝下跪，對我行禮。

女王大廳鴉雀無聲，只有他的聲音在迴盪。

座無虛席。

圍繞著兩位安哈特使者般立於周遭的騎士中，有幾個人微微扭動身子。

大概是察覺胯下有異狀吧。

道理上能夠明白。

這男人從維廉多夫的角度來看，就是世上第一美的男人。

不過也就僅止於此。

對於法斯特．馮．波利多羅，我伊娜．卡塔莉娜．瑪麗亞．維廉多夫沒有任何感想。

感覺不到任何感情起伏。

我起初一定期待能在心底，發現某些細微悶燒的火種。

對打倒了我的顧問雷肯貝兒的男人法斯特．馮．波利多羅，我也許會萌生某些情感吧？

憎恨。

這種感情也無妨。
或是與失去了雷肯貝兒的「悲傷」同等的感情。
但是，我依舊無動於衷。
啊啊，果然如此。
我這人就是如此吧。
我終究是原本那個冷血女王。
變回了原本那個冷靜而不近人情的女王。
就連對雷肯貝兒的哀傷，現在也暫且忘記吧。
只思考維廉多夫的利益。
將眼前的法斯特・馮・波利多羅視作一塊玉石，藉此審視安哈特王國的現況。
我凝視波利多羅卿。
那模樣看起來不若傳聞中那樣受到宮廷冷落。
至少王家對他的待遇並非如此。
全身布滿魔術刻印的溝槽鎧甲。
從波利多羅卿的經濟狀況來看，那絕非領民不到三百的弱小領主能打造的裝備。
雖然多了幾道傷痕，依舊猶如全新。
可以推測是為了本次的和平談判，王室特別準備的。
至少能確定安哈特王室肯定波利多羅卿的能力。

然而。

「瓦莉耶爾第二王女，以及法斯特・馮・波利多羅卿。歷經長途跋涉後並未休息，直接造訪王宮，這份誠意我收下了。」

「非常感謝。」

「那麼，瓦莉耶爾第二王女。我並非要看輕妳，但我想和波利多羅卿談談。可以嗎？」

我如此要求瓦莉耶爾第二王女。

對方無法拒絕。

「好的。請隨意。」

「多謝。」

接下來就和波利多羅卿談吧。

就讓我們慢慢聊吧。

一分高下吧，法斯特・馮・波利多羅。

回答我所有的問題吧。

只要你其中一個回答錯了，就是第二次維廉多夫戰役的開端。

「有沒有興趣效忠於我，波利多羅卿？」

「稍、稍等——」

誘惑。

首先我出言誘惑。

對瓦莉耶爾第二王女的說話聲則充耳不聞。
波利多羅卿回答了最初的問題。
「恕我拒絕。無論是多好的待遇，我都不會效忠於您。」
「為何？」
「因為我是第二王女瓦莉耶爾的顧問。」
聽說他私底下個性木訥寡言。
雖然帶給我這種感覺，但回答十分肯定。
法斯特·馮·波利多羅如此回覆我。
「雷肯貝兒卿雖是維廉多夫中最強的騎士團長，但在您的年幼時期，當時她還只是一名剛繼承家名的世襲騎士，還只是平凡無奇的騎士。但是她成為了您的顧問。」
「的確如此。你知道得真多。那又如何？」
「假使安哈特王室對往昔只是平凡騎士的雷肯貝兒卿提出龐大的報酬來誘惑她，她的答案想必也會與我相同。因為我是卡塔莉娜第三王女的顧問，我拒絕這邀請。」
原來如此。
十分合理。
意思是被重用為王女顧問的人，不會接受敵國的收買吧？
不過，和我國不同，安哈特王國的繼承權並非透過決鬥決定。
「那麼我再問一事。」

「請儘管問。」

「瓦莉耶爾第二王女恐怕沒有繼承安哈特王國的可能性。明知如此為何效忠?安哈特的繼承人安娜塔西亞想必也招攬過你吧。為何不接受?」

對你沒有任何好處吧?

我如此問道。

「您不明白嗎?」

波利多羅卿皺眉回答。

「不明白。」

我誠實回答。

「因為我也有我的人情道義。」

這答案超出我的理解範疇。

人情道義。

不是出自合理條件嗎?

這傢伙是怎麼回事?

聊起來簡直就像——

簡直像是在和雷肯貝兒交談啊。

「瓦莉耶爾第二王女是否感受到這份人情道義,我也不太清楚。也不知最後是否會得到她的回報。」

他露出淺淺苦笑。

加上這抹苦笑後，波利多羅卿繼續說下去。

啊啊，雷肯貝兒啊。

和波利多羅卿交談時，不知為何這名字浮現腦海。

「然而那與我的人情道義，是完全無關的兩回事。」

雷肯貝兒。

唯獨這名字是我心底悶燒之物，是我本身未曾擁有的一切感情。

她花上十數年想給予我的事物，最終仍舊沒有萌芽綻放。

「卡塔莉娜女王陛下，我對您理解不深。直至面臨本次談判，我才開始認識您。向吟遊詩人詢問傳聞，得知了您與雷肯貝兒卿之間的軼事。但是──」

波利多羅卿稍作停頓。

「但是，僅此而已。」

僅此而已。

的確，那只是聽聞別人口中的轉述。

單憑那些詞句，無法連那人的本性都理解。

很合理。

「因此，我認為有必要與您當面交談。卡塔莉娜女王陛下。」

「很好。」

我回答了。

就讓你如願吧。

畢竟本來就是我主動提出的。

就與你一對一對話吧，法斯特・馮・波利多羅。

「那麼，我們繼續談吧。波利多羅卿，你的領地距離維廉多夫國境線不遠。」

「您真是消息靈通。」

「在維廉多夫戰役中，攻陷國境線附近的城鎮時拿到了地圖。」

細微的咋舌。

那想必不是發自波利多羅卿之口。

不過我確實聽見你心中的咋舌。

「假使我發起第二次維廉多夫戰役，一路攻至你的領地附近。你會如何？」

「我將誓死奮戰。」

哦。

「誓死奮戰，擊倒您的數十名騎士，最後在祖先代代傳承下來的波利多羅領地上英勇戰死。」

「你就不怕死嗎？」

「我怕死。」

回答稍微超乎預料。

畢竟是有膽識與我的英傑雷肯貝兒決鬥的強者。

居然自稱貪生怕死。

「我的血脈無處延續。自列祖列宗傳承至今，必須傳到我的子子孫孫手上的領民、領土，以及保護這一切所需的血脈無法延續。為此我必須珍惜性命。」

「只要有人，有子女傳承你的血脈，你就不惜性命？」

「正是如此。」

簡直是封建領主的模範解答。

道理上可以理解。

「對維廉多夫俯首稱臣的念頭，即便領土遭到我軍侵略也不會有嗎？」

「對膽敢掠奪任何一寸，步入我領地的侵略者，我絕不手下留情。」

「唔嗯。」

反過來想。

法斯特·馮·波利多羅是領主騎士。

雖然是安哈特的英傑，但終究不忘利益。

不，稱之為利益也許失禮。

他會誓死守護自己的財產，也就是領地與領民。

從剛才所說的一切來看，波利多羅卿說的都是實話。

我再度轉換思考方向。

只要領地不被人踐踏，法斯特・馮・波利多羅就不會與我敵對？

我針對波利多羅卿的軍務開始盤算。

若我們維廉多夫不越過國境線，他明年的軍務對手大概會是北方遊牧民族吧。

一旦軍務結束，就只剩下安哈特王國對波利多羅領的保護契約。

安哈特必須付諸實現。

這時，波利多羅卿因為軍務已了，不會參加維廉多夫國境線上的戰鬥。

抓住這短暫的空檔，不理會波利多羅領，奪取其他領土的方法如何？

不。

我再度修正想法。

「我問你。波利多羅卿啊，明年的軍務會是對付北方的遊牧民族吧？」

「如果本次和平談判成功，想必會如此吧。」

「波利多羅卿面對遊牧民族同樣有自信獲勝嗎？」

波利多羅輕聲哼笑。

想當然有吧。

是我明知故問。

「我會在一次衝突中使之滅族。就如同維廉多夫的英傑雷肯貝兒卿那樣。」

果真如此。

一旦成真，安哈特就會將王國正規軍自北方調回維廉多夫國境線。

如此一來單論兵力就不分上下。

就算投注維廉多夫所有兵力，也不知最終鹿死誰手。

將會陷入僵局。

除非包圍其領地，否則英傑法斯特·馮·波利多羅不會對我俯首稱臣。

然而一旦給了空檔，他就會著手殲滅北方遊牧民族。

和平。

雖然這兩個字稍微浮現腦海。

繼續談下去吧。

波利多羅卿啊，我這女人因為沒有感情，無法理解世間常規，過去每次深入追問都被不耐煩的父親痛毆。

只有雷肯貝兒不曾對我動粗。

她充滿了耐心，既然沒有感情就以道理解釋，一次又一次叮嚀我。

告訴我這件事可以做。

告訴我這件事不可以做。

願意如此教導我的，世上唯獨雷肯貝兒一人。

以道理教導，讓我能成為女王執行政務的人就是雷肯貝兒。

無論是弒姊或是弒父。

都是雷肯貝兒告訴我，這件事可以去做。

我和雷肯貝兒可沒那麼簡單。

絕不放棄，追究到底。

然後找出安哈特的破綻，逼你服從，奪取安哈特王國的領土。

雖然我如此思索著。

「卡塔莉娜女王陛下。這裡有一份要獻給您的禮物。剛才因為專心於對話而忘記了。」

「禮物？」

哎，畢竟是國家間的往來。

這也是少不了的禮數吧。

在法斯特身旁，一名少女與他同樣單膝跪著，小心翼翼地抱著布料包裹的某物。

根據事先取得的情報，名叫瑪蒂娜·馮·波瑟魯。

她是法斯特在決鬥中擊敗的賣國賊的女領主騎士的遺孤，法斯特為挽救她的性命甚至不惜抗命求情。

澈底固執己見，不惜捨棄顏面而顛覆王命，那姿態在維廉多夫被視作美而受到讚揚。

我這冷血女王當然無法理解。

「那麼，這就為您獻上。」

瑪蒂娜小心翼翼地抱著布包中的物體，朝著我走來。

身旁的近衛騎士提高戒心，但對方只是九歲孩童，沒這必要。

我身上也有佩劍。

就算那塊布底下藏著匕首，一劍斬了她就是。

「退下。」

近衛騎士欲事先檢查布料底下之物，我如此下令。

在這段時間，瑪蒂娜依舊默默向前走。

來到我面前掀開了那塊布。

「這是——」

「是玫瑰花束。」

深紅色的玫瑰。

彷彿今天才剛從盆栽剪下般的新鮮花朵製成的花束。

就贈品而言，未免太過樸素。

無論是在安哈特王國或是在維廉多夫王國，贈送這束花並無特別意義。

頂多只是在女性向男性求愛時會用上吧。

從男人手中拿到這束花又有何意義。雖然我這麼想著。

「我先前自維廉多夫的吟遊詩人口中，聽聞了一樁奇妙的軼事。」

「哦？」

我從瑪蒂娜手中接過花束。

既然是使者贈送的禮物，不管多麼簡樸，都必須收下。

從維廉多夫的吟遊詩人口中聽聞？

是指什麼？

「法斯特！」

像是要打斷我的思考，責備波利多羅卿的聲音響起。

那是瓦莉耶爾第二王女的慘叫聲。

「等等，那個！該不會是從安哈特王宮的玫瑰園——」

「是的，我偷來的。」

「什麼叫我偷來的！不要這麼理直氣壯！」

瓦莉耶爾第二王女臉色鐵青，儘管這裡是維廉多夫的女王大廳，她卻不分場合而慘叫。

「那是父親大人打造的玫瑰園中的玫瑰，你明明知道母親大人百般珍惜吧！你不是也稱讚很美嗎！為何要偷！」

「哎，所以我才覺得有價值啊。」

「呃，是有價值沒錯！但不可以不吭一聲就偷摘啊！居然偷摘！這要怎麼和母親大人解釋啊！」

這似乎是傳聞中遭毒殺的莉澤洛特女王的王配生前細心照料的玫瑰。

偷了那麼貴重的花。

那為何適合當作給我的贈禮？

等等——很久以前，僅有一次。

印象中，曾經有過一次這種事。

快想起來啊，伊娜．卡塔莉娜．瑪麗亞．維廉多夫。

這是——

這明明是與雷肯貝兒之間，寶貴的童年回憶啊。

「怎麼辦啊！母親大人現在肯定拚了命在找偷玫瑰花的犯人啊！你要怎麼賠罪！」

「瑪蒂娜告訴我，您會陪我一起道歉。」

「我是有說過！我是這樣說過啦！但我沒想過居然是這種事啊！」

吵死了。

令人心煩。

我正要回想與雷肯貝兒的回憶。

不要打擾我。

我像是要強硬阻斷聽覺般閉目，靜靜回憶起重要的孩提時光。

第37話 玫瑰花蕾

雷肯貝兒是個有時溫柔，有時嚴厲的人。
不，這並非事實。
真的有稱得上嚴厲的時候嗎？
無論是因為訓練劍、槍與弓使得手長滿硬繭。
或是我因為未開鋒的劍而受傷。
這些事情難道真的稱得上嚴厲嗎？
一切都是為了鍛鍊我，在工作之餘抽空努力教導我。
雷肯貝兒啊。
我依然不懂妳的愛情。
盡可能回憶。
為了回憶起初次見面時的往事，為了回想而努力追溯記憶。
「我名叫克勞迪亞．馮．雷肯貝兒。卡塔莉娜第三王女。」
「就算成為我的顧問，也沒有任何好處喔。」
十五歲的雷肯貝兒，以及五歲時的我。

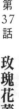

目光銳利的老太婆，那位軍務大臣在場擔任見證人。

「請恕我直言，聽聞卡塔莉娜第三王女不明白何為感情。」

「我懂得『道理』。」

「這樣啊。」

不知為何，雷肯貝兒輕柔地拍了拍我的頭。

「那麼道理我接手繼續教您。在這同時漸漸學會感情吧。」

「『感情』能學會嗎？」

「不曉得，這我也不清楚。」

招牌的細眼。

雷肯貝兒那雙有如細線的眼眸透出笑意。

「哎，總之就試試看吧！」

「喔，嗯，隨便妳要怎樣都好。」

對著不知為何提振幹勁的雷肯貝兒，我興致缺缺地點頭。

不可愛的孩子。

按照常理，我如此評斷當時的我。

同時我也發現，啊啊，雷肯貝兒打從那時候就是雷肯貝兒了。

我這麼認為。

同時我也想起，軍務大臣從那時候就企圖讓我成為女王。

她看穿了雷肯貝兒的才能，同時想對我施以教育。

我回憶起這些事。

日子飛快過去。

誰也無法抗拒。

童年轉眼間過去。

很快地，雷肯貝兒憑藉其實力，在維廉多夫與周邊國家的戰事中無不立下功勞，每次騎士賽事——競技大會無不奪冠。

無論任何人都承認其實力，不知不覺就成為了騎士團長。

當時我十歲，雷肯貝兒二十歲。

雷肯貝兒娶了夫婿，生下孩子。

我因為自己的顧問產子，在生產後隔了一段時間，造訪雷肯貝兒的宅第。

其實是雷肯貝兒叫我早點過去露面。

「這是我的孩子。名叫妮娜。妮娜・馮・雷肯貝兒。」

那是個嬰兒。

身上完全沒有雷肯貝兒的影子，是個猿猴般的嬰孩。

「請抱她一下。」

躺在床上的雷肯貝兒二話不說就將嬰孩遞給我，我接過那身軀。

沒什麼特別的。

就是個嬰兒。

「有什麼感受嗎？」

「沒有。」

一如往常的，雷肯貝兒的疑問。

每次有任何行動。

只要有任何機會。

雷肯貝兒都會如此反覆詢問。

「有什麼感受嗎？」

她如此問道。

至於答案總是相同。

「什麼也沒有。只是──」

「只是？」

床鋪上的雷肯貝兒不知為何身子向前傾，把臉靠向我。

我的回答。

「這孩子沒有成為弒母凶手，我覺得很好。」

沒變得像我一樣，那是再好不過。

誕生時殺了母親，被父親憎恨，被姊姊欺侮。

沒有成為這種存在，我覺得很好。

雷肯貝兒沒有死，我覺得很好。

「這樣啊。只有這樣嗎？」

雷肯貝兒面露非常遺憾的表情點點頭。

道理上能理解原因。

因為我受過雷肯貝兒嚴格的教育。

在這個場合，我應該說出祝賀的言詞才對吧。

「雷肯貝兒，恭喜妳母女均安。」

「來，姊姊為妳覺得開心喔，妮娜。」

「姊姊？」

莫名其妙的一句話。

我和妮娜之間沒有血緣關係。

「無異於姊妹啊。妳也是我的孩子。」

「我並不是雷肯貝兒的孩子。」

「差不多啦。我自認從妳五歲時就開始養妳了。因為那父親和姊姊全都不中用。」

雷肯貝兒以非常不能接受的態度如此說道。

「所以我自認代替了他們，成為妳的家人。討厭嗎？」

「討厭與否，我無法分辨。」

「那麼就這樣決定了，從今天起是一家人。」

妳有好好聽我說話嗎？

我明明就說無法分辨了。

雷肯貝兒不理會這一切，強硬地把我歸類為家人。

有時候不管我怎麼說，雷肯貝兒都會態度強硬地堅持己見。

大概是認為反正我也不會抵抗吧。

如此擅自認定，無視我的意見而行動。

雖然事實上我也不會反抗。

「妮娜．馮．雷肯貝兒。妳要變強。像姊姊一樣。」

如此說道的雷肯貝兒輕撫嬰孩。

我算得上強悍嗎？

哎，在這個年紀面對雷肯貝兒，十場練習賽中能拿下一場，確實應當自豪。

不過換作是實戰，只會單方面被她宰殺吧。

老太婆——軍務大人如此評論我。

那位軍務大臣不時出現在我與雷肯貝兒面前，前來觀察狀況。

簡直就像維廉多夫的未來得靠我們的肩膀扛起。

不。

事實是我成為女王，雷肯貝兒成為了英傑。

軍務大臣早在當初就已經料到這一切了吧。

用盡努力殺掉那個無能的父親和姊姊，讓我繼承維廉多夫。

我繼續回想。

往事總是數不清。

真想要永遠沉浸其中。

但時間不斷經過。

啊啊。

對了。

玫瑰花蕾。

就是玫瑰花蕾。

我終於想起來了，法斯特．馮．波利多羅究竟是指哪一件事。

「卡塔莉娜大人，妳在看什麼呢？」

「玫瑰花蕾。」

「哦？」

細眼。

靠著兩公尺二十公分的身高，那雙彷彿線一般細的眼睛從我背後探頭窺視。

那時我十二歲，雷肯貝兒二十二歲。

而雷肯貝兒當時已經在討伐遊牧民族上打響名聲。

或者該說開始單方面的殺戮。

雷肯貝兒已經漸漸穩固身為英傑的地位，散發著不允許別人置喙的氛圍。

而我有朝一日，將會在繼承決鬥上按照雷肯貝兒所說的，殺了姊姊，順便殺掉父親，成為這個維廉多夫的女王。

大概就是在這時期，我下定了這樣的決心。

姊姊和父親毫無才幹可言。

存在本身已經等同於單純消耗歲費的害蟲。

唯獨由我繼承，這國家才有未來。

現在是由高級官僚以及母親的前顧問兼親戚的公爵勉強代理王室治理。

讓王位空著七年實在太久了。

靠著雷肯貝兒忙碌奔波，在政治、軍事與戰場三方面都發揮長才，並且擊退外敵才有辦法維持下去。

特別是對抗北方的遊牧民族，沒有雷肯貝兒就束手無策。

所以我也希望她專心經營她的事業。

但雷肯貝兒卻說對我的教育尚未結束。

「這的確是玫瑰花蕾。」

「還不會開花嗎？」

「還不會開花。」

雷肯貝兒輕語。

接著不知為何凝視著我的臉，輕聲說道：
「因為還不到綻放的時期。」
「何時才會綻放？」
「恐怕不會綻放吧。這顆不符季節的花蕾。」
雷肯貝兒輕吐一口氣。
她的氣息化為白煙。
季節是冬季。
「在這溫度恐怕有困難。除非摘下來帶進室內。」
「這樣啊。」
「花無異於人類。如果環境有問題，就不會綻放。反過來說，只要環境沒有問題，花就一定會綻放。對，我會讓花朵綻放。」
雷肯貝兒以懷著決心的表情如此說道，但她突然間有所察覺般，緊張兮兮地問我。
「那個，卡塔莉娜大人。該不會——」
「怎麼了？」
「妳想親眼看見那朵花綻放？」
雷肯貝兒以認真的表情問道。
親眼見到花開？
仔細一想，當時的我為何一直眺望著玫瑰花蕾呢？

「我想看看。」

在那時候，我為何會對區區的玫瑰花蕾有所執著？

花一點也不重要。

世上的一切都曖昧不明，異樣混濁。無論父親的憎恨或姊姊的騷擾，我都不在乎。

理應如此。

但是，在這曖昧不明的世界，唯獨雷肯貝兒始終執著於我。

堅定地告訴我，妳會成為女王。並且對我施以擔任下一任女王的教育。

那並不會讓我感到煩躁，我只是成為優秀的學生，默默遵從。

這對我的生活並沒有任何不方便。

然而。

「妳想看吧！妳真的想看吧！」

「呃，嗯。」

眼前的雷肯貝兒猛然抓住了我的肩膀，使勁搖晃我的身子。

仔細一想，這是我第一次見到她開心得如此激動。

不知她為何欣喜至此，我受她的氣勢壓迫而點頭。

「既然這樣，我們就把花偷走吧！」

「咦？」

這不合理。

雖然是王宮庭院種的花，也不能隨便偷走吧，雷肯貝兒。

不可以隨便拿別人的東西，明明是妳這樣教過我。

這朵花嚴格來說雖然屬於王室，但並非我的私物。

玫瑰突然被偷走，園丁也會傷腦筋吧。

「就把這一區所有玫瑰花蕾的枝條，全部都偷回去吧！然後讓卡塔莉娜大人的房間開滿玫瑰花吧。」

「等一下，雷肯貝兒？」

不，我想要的沒那麼多。

只要一朵花就夠了。

我只是好奇，這顆玫瑰花蕾，不符時節的玫瑰花蕾，到頭來究竟會不會綻放而已。

如果只是連同枝條偷走一顆花蕾，也不至於被拆穿，這樣就很夠了。

「我這就招集卡塔莉娜大人的親衛隊。所有人一起動手吧。」

「那個，雷肯貝兒？」

如果這麼大陣仗，絕對會曝光吧。

妳真的想帶走玫瑰園這一區的每朵花嗎？

「溫暖的房間裡一定會開出美麗的花朵。房間充滿美麗的玫瑰。真是美妙的光景。」

「先停一下。」

雷肯貝兒心意已決。

究竟是什麼事，突然間驅策她的心，使她如此動搖？

我無法理解。

「好，看我雷肯貝兒大顯身手吧！」

為何會演變成這樣？

從結果說起吧。

我和雷肯貝兒因為在宮廷庭院的玫瑰花園搗蛋而受罰，不知何時成為我們的教育負責人的軍務大臣嚴厲斥責我們。

哎，有膽識斥責雷肯貝兒的人，除了那老太婆也沒有別人了吧。

啊啊，我想起來了。

在挨罵的當下，雷肯貝兒依舊嬉皮笑臉。

眉開眼笑，彷彿抑制不住心中喜悅。

究竟是為何。

這答案。

只要開口詢問，就能得到解答嗎？

※

「法斯特・馮・波利多羅啊。」

「是。」

玫瑰花香。

置身於胸前花束散發的花香中，我如此問道。

「你剛才說，你知道我和雷肯貝兒引發過的騷動。因此才會贈送玫瑰給我。我已明白你的意圖。所以我想問你。為何那時雷肯貝兒會盜取玫瑰呢？」

「您不明白嗎？」

「不明白。」

回答我吧，法斯特・馮・波利多羅。

波利多羅卿短暫沉默，隨後回答：

「我聽聞是因為卡塔莉娜女王陛下要求，雷肯貝兒卿才會盜取玫瑰。」

「哎，雖然不太正確，但沒有錯。只是我沒想過她會偷走玫瑰園的一角。」

「雷肯貝兒閣下大概是覺得開心吧。」

開心？

有什麼好開心的？

「卡塔莉娜女王陛下，您曾向雷肯貝兒閣下索求任何物品嗎？」

「這——」

沒有。

不曾有過。

王宮為我準備了所有生活上的必需品。

除此之外生活上不需要的雜貨，都是雷肯貝兒以禮物的名義為我準備的。

雖然如今已成派不上用場的廢品，我卻無法捨棄。

「所謂的物慾，這種欲望也是一種感情。想必這讓雷肯貝兒閣下——」

面對沉默不語的我，波利多羅卿繼續說道：

「欣喜得難以自制吧。我是這麼認為的。所以她才會偷摘了玫瑰園一角的所有花朵。不，雖然只是我逕自的猜測，我可以說下去嗎？」

「繼續說。」

我要波利多羅卿繼續說下去。

是猜測也無所謂。

我想盡可能去理解，當時雷肯貝兒究竟在想些什麼。

「雷肯貝兒閣下，當時也許想引出卡塔莉娜女王陛下的笑容吧？」

「笑容？」

「偷摘整座玫瑰園一角這種愚昧的舉動，實在不應該，別做這種傻事，這類的笑容。」

波利多羅卿如此猜想。

啊啊。

當時雷肯貝兒的行為真的有意義。

「原本就料到之後兩人會一同挨罵。本來就有覺悟，明知故犯。我認為那——」

原來真有意義嗎？

「正是雷肯貝兒閣下的愛情。」

聽完波利多羅卿這句話的瞬間

自我心中某處，傳出了過去悶燒的一切頓時炸裂的聲響。

那一天，插滿了我房內花瓶的玫瑰花蕾。

每個花蕾都美麗綻放。

浮現在腦海中的，是雷肯貝兒眺望著那情景時，那雙熟悉的細眼笑得開懷的模樣。

不，那時雷肯貝兒看的不是玫瑰。

而是凝視著綻放的玫瑰的我。

「啊啊。」

驚呼自口中自然吐露。

有個愚笨的蠢傢伙。

我按照道理這麼想。

「愚蠢。」

沒錯，既愚笨又愚蠢。

為何如此愚蠢。

我為何如此愚笨又愚蠢。

直到波利多羅卿當面對我說之前，我從來不曾注意到。

「為何，為何——」

為何直到今日，為何直到當下。

我從來不曾理解雷肯貝兒的愛情。

如今再也無法回報。

因為雷肯貝兒已死。

無法回報任何人。

「啊啊，為何我如此愚昧。」

嗚咽。

在王座上，眼淚滑落至胸口。

淚滴落在玫瑰花瓣上，有如清晨的露珠。

沒過多久，有如陣雨般，水珠一顆顆打落。

我不在乎旁人目光，當場哭了起來。

我伊娜·卡塔莉娜·瑪麗亞·維廉多夫，在這一天終於理解雷肯貝兒給予的所有愛情。

第38話 愚者的過往

女王大廳中只迴盪著卡塔莉娜女王的抽泣聲。
會演變成這樣實在出乎意料。
面對卡塔莉娜女王，我原本打算博君一笑。
我和瓦莉耶爾第二王女的搞笑互動。
從吟遊詩人口中聽聞的，卡塔莉娜女王與雷肯貝兒卿的往事。
模仿那往事，在卡塔莉娜女王面前上演這齣戲碼。
「啊啊，和雷肯貝兒一起當採花賊，的確有過這件事。」
讓她因為這段回憶而不禁莞爾發笑。
我原本打算奪得女王一笑，但出乎意料深深切入卡塔莉娜女王之心。
卡塔莉娜女王在這瞬間之前，似乎從未理解雷肯貝兒卿的深刻愛情。
我對此深刻地感同身受。
也許其實十分相似。
我和卡塔莉娜女王。
「啊啊……啊啊……啊啊……」

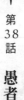

卡塔莉娜女王依舊哭泣不止。

瓦莉耶爾第二王女則驚慌失措。

站滿女王大廳的高級官僚，以及騎士們也一樣，無法出手相助。

不，唯獨一名老太婆走上前去。

她走近卡塔莉娜女王，對她開口說道。

也不知道今年已幾歲的軍務大臣，傳聞中維廉多夫最不可小看的老狐狸。

我回憶起來到維廉多夫前，從安娜塔西亞第一王女口中聽聞的情報。

「卡塔莉娜女王，客人感到為難。」

「啊啊，我知道，我當然知道……」

卡塔莉娜女王挪開掩面的雙手，抬起那張臉。

「眼淚就是止不住。為何我過去從來無法回報雷肯貝兒的愛情？」

豈止是惹她發笑，反倒害她哭了。

也許我接下來一句話都不該再說。

況且我就是殺死了雷肯貝兒的當事人。

說不定還會觸怒她。或許這些只是多餘的話。

但我的話語不知為何止不住。

「卡塔莉娜女王陛下。」

「怎麼了，法斯特・馮・波利多羅？還有什麼話該說的嗎？」

「是的。」

我依舊單膝跪地，只有抬起臉來。

「可以容我簡單闡述自己的經歷嗎？」

「經歷？」

「一個直到母親死前都無法理解其愛情的愚者的往事。」

卡塔莉娜女王依舊淚流不止。

她用那甚至顯得自卑的語氣，回應我的話。

「你是在說我嗎？直到雷肯貝兒死後兩年才終於察覺她的愛情，你是指這樣的我嗎？」

「我剛才說了，這是我的經歷。因此是我自己的往事。」

「你的？」

沒錯，我的往事。

一個愚蠢男人的故事。

「希望能為卡塔莉娜女王陛下止住淚水有所助益。」

一直以來深藏心底。

至今仍無法擺脫後悔。

我的母親的往事。

置身於此的愚者的往事。

「好啊。就聽你說吧。止住我的眼淚吧。」

「遵命。」

得到了卡塔莉娜女王的許可。

我開始獨白，述說著往事。

「吾母名為瑪麗安娜・馮・波利多羅。生下我這個長男，而後丈夫逝世，之後便終身貫徹單身。」

「……沒有迎娶新的夫婿嗎？我明白安哈特王國的文化。不能沒有繼承領地的長女。」

「迎娶新的夫婿應是身為領主貴族的義務。然而她卻沒有這麼做。」

這是我自從士長赫爾格口中聽聞的。

「吾母體弱多病，也許是自認難以再次產子吧。又或者是對亡父的愛情之深，讓她抗拒迎娶新的夫婿。雖不知是何種理由，但是她沒有這麼做。」

母親大人究竟懷抱何種想法，如今我仍不明白。

人也已經過世了，事到如今也無法詢問。

「而後，母親開始教導我槍術與劍術。」

「在安哈特王國的文化中——」

「是的，是異常的行徑。」

我清楚回答。

在維廉多夫王國也一樣，十位新生兒中只有一人的寶貴男性。

自然是在家中百般疼愛地養大。

只是在維廉多夫讓男子學習護身劍術來鍛鍊體魄會更受歡迎吧。

不過。

「在安哈特王國的文化中，這是明確的異常行徑。鍛鍊男人有何意義，實在太過嚴苛。也曾被人批評，妳難道就不疼愛自己的兒子嗎？」

「可以想見。」

「不知從何時起，母親在眾人眼中被視作懊悔過度而失去理智。與夫婿的親戚間不再往來，周邊領主也斷絕關係，無人想與她有瓜葛。最後安哈特貴族中再也無人與她打交道。」

這也是自從士長赫爾格口中得知。

在母親過世後，我知道了一切。

赫爾格曾對我親口懺悔，就連她也曾經侮蔑瑪麗安娜大人，被一劍斬殺也沒有怨言。

啊啊，母親大人。

生前究竟承受了多少痛苦。

「然而，吾母瑪麗安娜並沒有放棄嚴格鍛鍊我的槍術與劍術。」

「那是因為洞悉了你的天賦吧。當時在世上僅此一人，相信你將來會成為超人，成為英傑。」

「我也認為應該如此。」

若非如此，母親大人也許會在途中停止鍛鍊吧。

也許會為了將來有好妻子願意成親而辛苦奔波。

但終究只是猜測，如今已經無法詢問亡母。

「至於我在當時，認為這般嚴格的鍛鍊是天經地義的事。」

「不覺得辛苦嗎？」

「一點也不。」

辛苦的其實是母親大人吧。

無法得到旁人理解，究竟讓她多麼痛苦。

「無法理解母親的痛苦，不明白體弱多病的母親拖著那沉重的身軀，是如何一面忍受著撕心裂肺的痛苦，一面鍛鍊我。」

母親大人的痛苦。

當時的我從來不曾想過。

「我一點也不理解，一點也不難受，只是理所當然般認為，這就是身為領主騎士應當接受的教育。」

因為我有前世。

領主騎士教育的嚴格，我只視作理所當然的事而接納。

更何況我擁有這具超人的身軀。

「當年我是何等愚蠢。有時，雖然只是偶爾，我甚至曾因為勝過母親而天真地歡喜。用木劍打在孱弱的母親身上。真是愚昧。當時母親那強忍痛楚卻面露笑容的表情，至今仍歷歷在目。」

「你的母親瑪麗安娜，當時想必是真的欣喜吧。」

「這難道算得上藉口嗎？」

難道不應該體恤母親的身體嗎？

明明知道母親體弱多病，不是嗎？

生為超人之身而驕矜自滿的蠢人。

這就是我。

「母親拖著那孱弱的身體，長年負起身為領主和貴族的職責。對我的教育也毫不懈怠，年年參加軍務，恐怕從軍時還要承受其他貴族們的輕蔑目光。」

想必吃盡了苦頭吧。

聽聞母親的軍務大多是單純的驅除山賊。

但是，無論如何還是得和其他貴族打照面。

在那些時刻，其他貴族雖沒說出口但在心底嘲笑的侮蔑。

那究竟讓母親多麼痛苦？

「母親每次前往其他城鎮從事軍務時，總是會買伴手禮給我。盡是髮飾或戒指等物。」

「是個好母親啊。雷肯貝兒自軍務歸來時我也會收到禮物。至今依舊珍惜地保管著。」

「是的。但當時的我無法理解寶貴之處。」

就算戒指套不進長滿劍繭與槍繭的手指。

就算髮飾因為兩公尺的身高而難以映入他人眼中。

就算因為前世的價值觀，使我避諱穿戴這些飾品。

但那可是母親給予的禮物啊。

「我全部分送給領民了。不像卡塔莉娜女王這般珍惜，如今母親贈送我的禮物已經什麼都不剩了。」

母親送給我的禮物中，碩果僅存的就是十五歲時送給我，如今已無法以所有物來稱呼的愛馬飛翼。

除此之外已經什麼都不剩。

這是何等不孝。

「那只是你重視領民罷了。」

「請容我重申。這對母親來說算得上什麼藉口嗎？」

雖然母親從未置喙，但她也知道自己送的禮物全被送給領民們了吧。

自己買給兒子的禮物，不知為何領內的男人們欣喜地穿戴在身上。

那究竟多麼傷害母親的心。

愚蠢到讓人想死。

感情漸漸激昂。

「吾母瑪麗安娜的身體，因為對我的教育、每年的軍務，以及來自周遭旁人的侮蔑而日漸衰弱。在我十五歲時病倒了。」

「波利多羅卿，你——」

「卡塔莉娜女王陛下，現在請先聽我說。愚昧更遠在您之上的男人的經歷！」

我如此吶喊。

卡塔莉娜女王的眼淚已經止住。

取而代之般，眼淚自我的雙眼湧出。

「於是，又過了五年的歲月。在我二十歲時，吾母瑪麗安娜已經連濃湯都難以下嚥，身形瘦如枯木。」

我繼續說道。

如今再也沒有人阻止我。

「母親在病榻上臨死前的遺言是『對不起，法斯特』。就是我，我讓母親認為自己對兒子強加了嚴酷的命運，讓母親死在後悔的自責之中。」

啊啊，究竟是為何。

為何我讓母親大人謝罪。

為何會讓母親大人道歉。

我什麼都還沒——

「愚蠢的我，直到那一刻為止，直到母親死去之時，從來不曾理解母親的愛情。只是天經地義般，因為這份神賜予的力量而驕傲，卻不曾以這份力量孝順母親。」

母親病倒後，那五年是由我代替她從事軍務。

我能辦到的頂多只有這些，身為繼承人的義務。

根本就算不上什麼。

「我真的將妳當作母親敬愛。是真的愛著妳。我就連這句話都沒辦法告訴她。」

聽見了細微的啜泣聲。

是維廉多夫的貴族們細微的啜泣聲。

於是。

「法斯特・馮・波利多羅啊。原來你與我相同啊。」

卡塔莉娜女王的淚水再次無聲地湧出。

啊啊，妳願意為吾母哭泣嗎？

那麼我這愚者的經歷也有了價值。

「我們同樣愚昧啊，法斯特・馮・波利多羅。」

「是的。但卡塔莉娜女王陛下，我同時也這麼想。」

「怎麼了？」

卡塔莉娜女王坐在王座上，如此問道。

「愛——單純索求回報的好意稱不上是愛。妳受雷肯貝兒卿所愛，而我受母親瑪麗安娜所愛。那兩人難道對我們索求任何回報了嗎？」

「不曾要求啊。」

「已逝之人也許認為已經足夠了。我是如此認為。」

同時。

我們能為亡者做到的事情。

「也許世上有種愛，是在對方死後仍舊思念，藉此傳達給亡者。」

「真的存在嗎？我們的心愛之人已撒手人寰。瓦爾哈拉與天國是那樣遙遠。」

「我認為存在。若非如此——」

若非如此。

「我想，那不是太讓人傷心了嗎？」

「這樣啊。」

卡塔莉娜女王以手指拭去淚水。

自王座站起身。

「法斯特．馮．波利多羅。」

「是。」

我依舊單膝跪地，回答她的呼喚。

卡塔莉娜女王快步走向我，在我眼前將禮品——玫瑰花束遞到我眼前。

「吾母克勞迪亞．馮．雷肯貝兒。希望你造訪她的墓地，並且由你親手獻上這束花。你有這個權利。」

「我是擊倒了雷肯貝兒卿的男人。」

「可別小看雷肯貝兒，法斯特．馮．波利多羅。你以為我在雷肯貝兒身旁待了多久？」

卡塔莉娜女王讓我的手握住花束。

「如果你沒有親自獻花，我會挨雷肯貝兒的罵。我如此認為。」

「遵命。」

我簡短回答。

於是卡塔莉娜女王回到王座上，再度坐下。

「驚動各位了。回過頭來繼續談判。法斯特・馮・波利多羅。和你要談的暫且到此為止。」

「好的。那麼接下來請與瓦莉耶爾第二王女詳談。」

「我明白。」

原本應當與卡塔莉娜女王談判的正使。

將視線轉向正使，卡塔莉娜女王言歸正傳。

「瓦莉耶爾第二王女。十年的和平談判，要接受也可以。」

「真的嗎！」

瓦莉耶爾大人面露燦爛笑容，如此喊道。

這才是我們的目標，斬斷卡塔莉娜女王之心只是手段。

不過，這也已經結束了。

我已將女王之心一刀兩斷。

「是啊，是真的。不過有條件。」

卡塔莉娜女王指向我宣言：

「讓我懷上法斯特・馮・波利多羅的孩子。這就是條件。」

「啥！」

瓦莉耶爾第二王女發出期待慘遭背叛的聲音。

那慘叫雖然響遍女王大廳，但維廉多夫的法袍貴族與騎士們紋風不動。

反倒顯得完全能接受這樣的發展。

至於我。

「為何？」

我不明白卡塔莉娜女王的想法。

起初博君一笑的企圖雖然落空了。

我原以為確實抓住了卡塔莉娜女王之心。就如莉澤洛特女王所說，完成了她口中斬心的職責。

之後只要瓦莉耶爾第二王與她詳談即可。

我原本是這樣想的。

「呃，到底是為何？」

卡塔莉娜女王為何想要我的種？

我法斯特・馮・波利多羅毫無頭緒。

第39話 和平談判成立

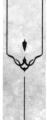

我難以理解的狀況繼續上演。

想要我的種？

怎麼會演變成這樣？

在我眼前，瓦莉耶爾大人正與卡塔莉娜女王繼續進行情勢艱困的談判。

「讓我懷上法斯特・馮・波利多羅的孩子。這就是條件。別讓我屢次重複。」

「呃，可是，法斯特他——波利多羅卿只是與安哈特締結雙向保護契約的正當封建領主，儘管他是我第二王女的顧問，但安哈特王國沒有任何權限能強迫他。」

「誰說要強迫他了。夠了，我直接和波利多羅卿談。」

瓦莉耶爾大人很快就敗下陣來。

不中用的傢伙。

我雖在心中咒罵，但是她說的話沒有任何錯誤。

這種內容應該由我和卡塔莉娜女王談。

不如說我真的得跟她問個清楚。

卡塔莉娜女王在想什麼，我真的一頭霧水。

「法斯特・馮・波利多羅，不願與我同床共枕嗎？」

卡塔莉娜女王站起身。將那頭紅色長髮以及彷彿能撐破禮服的豐滿身軀展現在我眼前。

毫無缺點的美人。

那胸部真夠大。

不，我不討厭。

完全沒有絲毫不滿。

可是喔——

「卡塔莉娜女王，我雖是為和平談判而來，但是我這男人曾擊倒了國土相鄰的假想敵國的英傑、維廉多夫的英傑，而且形同陛下母親的雷肯貝兒閣下。」

我列舉各種客觀條件。

負面條件太齊全了吧。

「那有何問題？你在堂堂正正的決鬥中擊倒了雷肯貝兒。更何況你甚至願意為她的死而哀悼。對此我毫無怨恨。豈止如此，想必正在瓦爾哈拉眺望這一幕的雷肯貝兒，也會因為我終於遇見願意懷孕生子的男人而感到欣慰吧。」

卡塔莉娜女王三言兩語就化解了我的理論。

不，大有問題吧？

雖然我這麼認為。

「軍務大臣。我要懷上波利多羅卿的孩子，有什麼問題嗎？」

「沒有任何問題。」

聽聞卡塔莉娜女王的疑問，老太婆笑得整張臉皺成一團。

「啊啊，卡塔莉娜大人終於下定決心要孕育下屆女王了。讓人放了一百二十個心。坦白說，波利多羅卿來到我國成為王配更為理想。然而那想必稍嫌強人所難，應當就此妥協。」

呵呵呵！老太婆微笑著。

笑什麼笑啊，死老太婆。

這樣真的好嗎？

我雖然知道維廉多夫的作風，但是與利益權力有關的法袍貴族們會代替我反對吧？

「居然能與波利多羅卿共度春宵，孕育其子。」

「真令人羨慕。」

從傳到耳邊的話語聲來判斷，完全沒人反對。

正常來說應該要反對吧？。

妳們應該也有這種算計吧？希望女王與自家男性結婚，希望能送出自家男子成為王配以強化自己的派系之類的。

總會有這種願望吧？

不理會我這些想法，卡塔莉娜女王問道：

「在此詢問女王大廳中的每位貴族與騎士。是否有人反對我懷上法斯特・馮・波利多羅之子？」

卡塔莉娜女王對滿座的所有人問道。
儘管是維廉多夫的作風，畢竟是其他國家的男人。
如此正面徵求意見，總會有人反對吧。
這世界並非君主專制國家。
而是封建國家。
維廉多夫的諸侯也在此齊聚一堂。
總會有人出聲反對吧？雖然我這麼想著。
「卡塔莉娜女王，可否讓我公爵家也有幸得到法斯特．馮．波利多羅的種……」
「我們家也是，還請分給我們家的長女。」
「還有我們家……」
哇，我真有人氣。
妳們給我住口。
雖說是貞操觀念逆轉的世界，為何如此渴求我的精子。
因為是維廉多夫吧？
我在這國家是絕世美男。
而且這國家崇尚武力。
再者超人之子容易繼承超人的特質。
我按照這方面的知識理解現況。

強迫自己理解。

「不准。我想讓法斯特・馮・波利多羅屬於我。就如軍務大臣所說，坦白說我想要他成為王配。不過，波利多羅卿在他的領地也有應當保護的領民。這已經十分退讓了。」

這份體恤我是很高興啦。

目前瑟縮在貞操帶底下的另一個我也沒有任何不滿。

然而，一旦與維廉多夫的女王同床共枕——

「卡塔莉娜女王陛下，請恕我直言。」

「說吧。」

「一旦與卡塔莉娜女王同床共枕，我將沒有指望找到結婚對象。」

我在安哈特王國已經全無異性緣了。

會公然追求我的人除了大大方方要我當情夫的亞斯提公爵，再來就是唯一想追求我這個男人的薩比妮閣下。

一旦傳出成為敵國女王情夫的謠言，將來美好的結婚願景恐怕只會變得絕望。

絕對不會有人願意來當我老婆。

「我在安哈特王國可說是完完全全沒有異性緣。一旦成為敵國女王的情夫……」

「那是安哈特王國太愚蠢了。」

卡塔莉娜女王嗤之以鼻。

簡直是一刀兩斷。

但我就是那個愚蠢的安哈特王國的使者啊。

「對國家的英傑，居然連安排相配的妻子都辦不到。更何況國民和貴族居然對英傑冷眼相待？安哈特王國究竟是怎麼回事？坦白說我無法理解。」

「雖然我對這方面也並非全無不滿……」

國家好歹幫我介紹一位妻子吧？

我在維廉多夫戰役真的是出生入死喔。

在瓦莉耶爾第二王女初次上陣時，雖然對我來說不算多難，但是從旁人的角度來看，那已經算是刁難了喔？

然後是真正的刁難，就是這次和平談判。

我很努力了喔。

為何王室就連一位妻子都不幫我介紹？

安哈特貴族也不曾邀請我去參加宴會。

和安哈特貴族女性相識並尋找妻子的機會從來不曾到來。

仔細一想，我的確心有不滿。

但法斯特不知情。

原因其實是安哈特王室對法斯特·馮·波利多羅過度的愛。

法斯特不知情。

王室之所以不幫他介紹妻子，是因為打算讓法斯特成為安娜塔西亞第一王女與亞斯提公爵的情夫。

法斯特不知情。

他之所以無法參加貴族派對，是因為亞斯提公爵施壓不允許多管閒事。

說穿了，一切都是法斯特自作自受。

雖然無法認定一切都是法斯特的責任，但是莉澤洛特女王、安娜塔西亞第一王女、亞斯提公爵三人那露骨帶有好感的視線。

法斯特對此渾然不覺，純粹是因為他對戀愛一竅不通，是個戀愛白痴。

包含這次卡塔莉娜女王對他的好感也不例外。

法斯特有自掘墳墓的習性。

不過這和當下的狀況無關。

言歸正傳。

「從維廉多夫選一位配得上你的妻子如何？雖然想必競爭激烈，但肯定能準備一位符合你要求的女性。這樣如何？」

「呃，請容我重申，如果與敵國女性結婚——」

「既然和平談判已成，就不再是敵國了。至於談判中的和平年限，不是十年也無所謂喔？二十年甚至三十年，不然要持續到波利多羅卿逝世也行。」

我因為卡塔莉娜女王的魄力而手足無措。

不行，這樣下去會被她主導一切。

我想不到怎麼反駁。

該怎麼辦才好。

沉睡在貞操帶底下的另一個我提出了「別堅持了啦」這種不知是放棄抵抗還是真心話的意見。

坦白說，卡塔莉娜女王合我胃口。

不，先等一等，法斯特·馮·波利多羅。

你不是已經有薩比妮那對火箭胸部向你求愛了嗎？

將兩者互相比較。

豐滿圓潤的卡塔莉娜女王，胸部挺拔如火箭的薩比妮。

優劣難分。

沉睡在貞操帶底下的另一個我如此判斷。

因而保持沉默。

每個傢伙都同樣不中用。

到頭來我能仰賴的還是只有脖子上這顆腦袋。

在現世豈止是不太派得上用場，有時甚至會攪亂局面，唯獨前世的知識特別豐富的我這顆腦袋啊。

導出解答吧。

得出的答案是——

「卡塔莉娜女王陛下，您真的如此愛我嗎？」

嘗試反問。

只有這招。

「我不明白。」

卡塔莉娜女王坦白回答。

「也許只是想與你互相撫慰。想在床褥上，在你的懷裡哭泣。也許就只是如此。同樣無法回報母親給予的偉大愛情，也許只是想要擁有同樣過去的兩人互相撫慰，彼此擁抱。」

有如哀求般的眼神。

以這般眼神凝視著我，卡塔莉娜女王自言自語般說著。

「不過，這樣錯了嗎？波利多羅卿，不願與我同床共枕，撫慰傷痛嗎？」

我當然一點也不討厭。

貞操帶底下的另一個我頓時抬起頭來。

冷靜點啊，另一個我。我可不想在這時忍受小兄弟發疼。

仔細想清楚，法斯特・馮・波利多羅。

過去的我已經非常努力了，即使抵達終點也無妨吧？雖然這念頭一瞬之間掠過心頭。

我得想辦法化解這局面。

我再度擠出答案。

「我先娶妻之後，再與卡塔莉娜女王同床，這方法如何？」

只能暫且保留。
一旦拒絕，和平交涉就無法成立。
第二次維廉多夫戰役宣告開打。
只要再打一次，幾乎必輸無疑的戰爭就要開始了。
奮戰到最後輸了，我照樣會被拖進維廉多夫王宮。
所以如今我已經無法拒絕卡塔莉娜女王的要求。
頂多只能暫且保留。
「先等你娶妻嗎？你要說服妻子，又需要多少時間？此外，你要花上幾年才能娶妻？我可等不了太久。」
我提出的暫且保留方案，卡塔莉娜女王並非充耳不聞。
果然她並非強硬蠻橫的個性。
於是我思考。
「可以請陛下等兩年嗎？」
「兩年啊……到時候我和你就二十四歲了吧。」
反過來說，我頂多也只能再等兩年。
要不是安哈特王國為我介紹，不然就是我追到薩比妮閣下，或是我反過來被她攻陷。
再等下去，頂多兩年。
如果薩比妮閣下不肯來當我家新娘。

而且安哈特王國也不願意為我安排任何婚事，那我乾脆上了卡塔莉娜女王的床。
然後請她從維廉多夫介紹妻子，生下能繼承波利多羅領的孩子。
除此之外，我想不到其他辦法。
我都成為和平談判的仲介人了。
娶個維廉多夫的老婆也沒有問題吧？
不把這些好處都列入考量，坦白說實在幹不下去。
「好吧。」
卡塔莉娜女王點頭了。
「我就等吧。一心等候有朝一日在我寢室的床褥上與你相擁。」
「陛下能夠接受的話，真是再好不過。」
已經沒有更多談判的餘地了。
從剛才就一直沉默不語的瓦莉耶爾大人大概也明白，她正抱頭苦惱。
瓦莉耶爾大人，不是妳不好。
即便換作是安娜塔西亞第一王女，或是亞斯提公爵來談，交換條件都不會動搖。
因為卡塔莉娜女王完全沒有退讓的意思。
「很好，一言為定。兩年後，不，明年一定要再度到訪。法斯特．馮．波利多羅啊。兩年見不到你的面實在難受。」
「我明白了。」

明年也得再來一趟喔。

不，其實我不討厭就是了。

就異性而言我不討厭卡塔莉娜女王。

但我總有股被她仗著權力如此強迫的感覺，然而現實也是如此。

雖然貞操帶底下的另一個我沒有異議。

住在頭蓋骨之中，大腦內的那個我總覺得無法全盤接受。

哎，也別無選擇吧。

我發出嘆息。

「那麼談判就此成立。我就接受十年的和平條約吧。視安哈特王國的希望，也能考慮延長和平期間。瓦莉耶爾第二王女，不好意思剛才像是刻意不理睬妳。」

「好的。」

瓦莉耶爾大人臉上的表情寫著——啊啊，這下把所有麻煩都推到法斯特頭上了。

為了偷採玫瑰的問題，之後還得麻煩妳和我向莉澤洛特女王賠罪。

工作還沒告一段落。

妳現在情緒就如此消沉可不是辦法。

「波利多羅卿，不，今後就直呼你為法斯特吧。因為你將會成為我的情夫，不，是情人。」

「遵命。」

我放棄了某些事。

「雖然一秒鐘的離別都令人惋惜，但總之法斯特就先到雷肯貝兒的墳前獻花吧。至於今天你的落腳處——雖然我的寢室也無妨，但這就留待日後吧。」

卡塔莉娜女王笑得開朗，同時將視線投向接踵比肩的騎士群。

眾多騎士的末座，年紀大概才十二歲左右。

她將視線投向那名少女，開口說道：

「妮娜・馮・雷肯貝兒。領他到妳的母親克勞迪亞・馮・雷肯貝兒的墳前，之後就帶第二王女閣下與法斯特到妳的宅第落腳。」

「我明白了。若是我的宅第，想必波利多羅卿也能放鬆身心吧。」

咦？這少女就是雷肯貝兒閣下的獨生女嗎？

雖然事先已經得知其存在，但這要我怎麼放鬆身心？

要到我決鬥殺死的對手的女兒家裡住一晚，完全無法放鬆啊。

我平常生活時可是十分注意瑪蒂娜的心情喔？

你們也稍微體恤一下我的心境。

「那麼談判就到此結束。之後就好好享受維廉多夫的王都吧。」

我一點也沒辦法享受。

「對了，妮娜・馮・雷肯貝兒。最後還有一件事。妳的母親克勞迪亞生前使用的魔法長弓，可以把那個暫時借給法斯特嗎？萬一他死在遊牧民族手上，會讓我很傷腦筋。」

「不過，他究竟能否拉開那把弓呢？如果真能拉開，要借給他也不是不行。」

兩人逕自談妥了某些事。

就是我在維廉多夫戰役時也體驗過的強弓嗎？

明年的軍務對手恐怕會是遊牧民族，能借給我用當然是感激不盡。

「那麼談判會議正式結束。各位都辛苦了。」

伴隨卡塔莉娜女王的宣言。

和平條約就此成立，談判收場。

雖然將我法斯特．馮．波利多羅幾許細微的情緒全部置之不理。

總而言之，和平談判結束了。

第40話 被憎恨的覺悟

墓地。
來到克勞迪亞・馮・雷肯貝兒的墳前。
她的墳前擺著無數的獻花。
啊啊，雷肯貝兒閣下真的受到全國人民的愛戴。
從花的品質就能分辨。
平民以零用錢就能向賣花女買到的一朵簡樸的花。
也有貴族花大錢訂購的奢華花束。
應有盡有。
一眼看上去就能明白。
我在自己打倒的這位維廉多夫首屈一指的英傑墳前單膝跪下，獻上從安哈特王宮偷來的玫瑰花。
莉澤洛特女王百般珍惜的已逝王配的玫瑰，論價值在諸多獻花之中也算得上高級吧。
想必就連瞇瞇眼的雷肯貝兒卿也會不禁睜大眼睛，在瓦爾哈拉捧腹大笑吧。
這就夠了。

雖然這樣就很夠了。

雖說背後同樣能清楚感受到像是要刺穿我的視線。

以我這份超人一等的感覺便能清楚地感受。

妮娜・馮・雷肯貝兒。

雷肯貝兒騎士團長的遺孤，她的獨生女。

自從結束對卡塔莉娜女王的晉見後，到領著我來到墳前的路上，一句話也不曾說。

我也相同。

無法開口對她說些什麼。

自己在戰場上殺害的對手，我也不清楚對其獨生女究竟該說什麼。

我輕閉眼睛。

現在只是單純告慰雷肯貝兒騎士團長在天之靈。

她在瓦爾哈拉想必會被視作英靈而大受歡迎，我的祝福大概也是多餘。

就祈禱她在維格利德的荒野上，當敵手轉變為巨人時仍能大展身手吧。

我閉著眼睛繼續默禱。

大概過了數分鐘。

我站起身，對著一直從背後以刺人的視線緊盯著我的那人說道：

「我們走吧。前往妮娜小姐的宅第。」

「不打算在王都四處逛逛嗎？卡塔莉娜女王是這麼交代的。」

「不，我不想引人注目。畢竟像我這體格，身高這麼高的男性，非常惹人注目吧？」

我已經脫下溝槽鎧甲。

恐怕到踏上歸途前都沒機會再穿上。

現在穿著事先準備的禮服，與妮娜小姐面對面。

「這樣啊，那就帶您到我的宅第。請再度乘上馬車。」

「好。瑪蒂娜，走吧。」

「了解。」

第二王女瓦莉耶爾小姐不在場。

不久前她一副憔悴的表情說今天不想再做任何事，領著第二王女親衛隊先行前往妮娜小姐的宅第。

真是可憐。

哎，我把玫瑰連根拔起偷走也是她當下的心事之一吧。

其他就是因為與卡塔莉娜女王的談判而耗盡氣力了吧。

瓦莉耶爾大人歷經初次上陣後有所成長。

在我看來也能清楚感受得到。

但是論才幹，終究還是凡人。

像這樣承受女王的魄力，還是讓她難以消受吧。

我心中一邊這麼想，一邊搭上馬車。

搭乘馬車的是妮娜小姐、瑪蒂娜，以及夾在兩人中間的我。

身高超過兩公尺的肌肉壯漢被夾在還稱得上年幼的兩名少女之間的景象。

這構圖似乎滿奇妙的。

「瑪蒂娜．馮．波瑟魯閣下。」

「是。」

不理會我這個巨大肉塊的存在，妮娜小姐對瑪蒂娜問道：

「心中沒有憎恨嗎？」

這句話突如其來。

我能理解她的意圖。

對於殺死了母親的法斯特．馮．波利多羅這號人物，妳難道不恨嗎？

大概是這種意思吧。

「沒有。」

瑪蒂娜理所當然般回答。

「吾母墮落為掠奪其他領地的盜賊。不同於妳母親那樣，是全國人民為其逝世而流淚的英傑。」

「但終究是母親。」

「那又如何？」

面對妮娜小姐的質問，瑪蒂娜針鋒相對地回答。

「是母親。但同時也是罪有應得的罪人。」

「剛才的女王大廳中，妳也在場。聽見了法斯特・馮・波利多羅卿對母親瑪麗安娜閣下的悲慟。妳沒有任何感觸嗎？妳的母親不曾愛過妳嗎？」

妮娜小姐再度提問。

雖然我被拉出來當比較，但我不打算插嘴。

我沉默不語，等候瑪蒂娜的回答。

「母親卡羅琳，確實愛過我。」

「那麼——」

「然而我對法斯特大人毫無怨恨。那實在沒有道理。」

瑪蒂娜不再像是拒絕理會妮娜小姐般轉開臉，而是正視著她說道。

「妳對法斯特大人懷恨在心嗎？」

「不准侮辱人！我一點也不恨！」

在搖晃的馬車中，個頭嬌小的妮娜小姐站起身。

「堂堂正正！波利多羅卿堂堂正正戰勝了母親大人。而且還鄭重歸還遺體，並且宣稱畢生不忘這場戰鬥。在抵達王都的途中，面對為了弔念母親大人的無數騎士的挑戰，從來不拒絕，一路抵達此處！這般行徑、這般行徑——」

妮娜小姐激動地提高音量。

她說到一半語塞，馬車車夫，大概是妮娜小姐的從士探頭看向車廂內。

大概是聽見了妮娜小姐的喊叫吧。

馬車暫時停止行進。

「失禮了。妮娜大人，怎麼了嗎？」

「沒什麼。別停下馬車。」

妮娜小姐沉重地坐下，閉上嘴巴。

從士將探進車廂內的頭抽回，繼續策馬。

馬車再度前行。

「能憎恨的行徑。能憎恨的要素，就連一絲都沒有。一旦憎恨，已在瓦爾哈拉的母親大人會大發雷霆吧。」

妮娜小姐說得像是要說服自己。

啊啊。

妮娜小姐現在一定很苦惱吧。

既然如此我也無法沉默，於是開口：

「妮娜．馮．雷肯貝兒閣下。妳的尊姓大名，請問我該如何稱呼比較好？」

「……叫我妮娜就好。」

「那麼，妮娜小姐。憎恨我這種感情並非壞事。」

我開導般說道。

我不想被人憎恨。

我也不喜歡被人憎恨。

但是這孩子有資格恨我。

所以說。

「無論是憎恨或是愛，都源自於執著。」

「執著？」

「就是執著。比方說，我對領地有所執著。」

列祖列宗代代相傳的領地波利多羅領。

沒有值得一提的特產，也沒有特色的領地。

區區三百人的領民足以溫飽，出口少許剩餘的糧食換取金錢，只是這樣的領地。

但那是我從祖先，不，是從母親瑪麗安娜手中繼承的領地。

在領地的墓地中，母親的遺骸仍安眠於該處。

「我認為這份執著沒有錯。」

「怎麼沒有錯？」

「如果妳發自內心深愛母親克勞迪亞·馮·雷肯貝兒——」

我一瞬間停頓。

接著說道。

「妳有權利砍下我的項上人頭。」

啊啊，我說出口了。

不說也無所謂的話語。
「意思是要我憎恨波利多羅卿嗎？」
「至少我自認受人憎恨也理所當然。」
在這國家無論誰都讚賞我。
說我是騎士的榜樣。
說已逝的雷肯貝兒卿想必也為之欣喜。
但是，實際上究竟如何？
那樣真的正確嗎？
心愛的母親被人殺了。
換作是我的立場——憎恨這種對象，不是天經地義嗎？
我試著想像妮娜小姐的心境。
維廉多夫的眾人都肯定我波利多羅卿。
維廉多夫的價值觀認定我波利多羅卿不是應當憎恨的對象。
母親被人殺害的妮娜小姐，心中想必鬱悶難解吧。
自己心中這份憎恨的感情是錯誤的。
被周遭旁人如此決定。
但是無所謂。
我本就懷有覺悟，被至今為止殺害的敵人的家族憎恨。

「只要妳做好覺悟，隨時都可以向我挑戰。雖然稱不上樂意，但我會接受挑戰。」

我溫柔地對妮娜小姐說道。

妮娜小姐短暫沉默後——

「已經，很夠了。我這份感情，恐怕應該是名為憎恨的感情。」

妮娜小姐按住了還在發育的平緩胸脯。

「既然你願意肯定這不是錯誤，那就夠了。我和波利多羅卿相爭的未來，恐怕不會到來吧。這次約定的十年和平，肯定還會再延長。」

她靜靜地放棄了某些事物。

以這般表情說道。

「但是，波利多羅卿。用未開鋒的劍也好，也用不著互相殘殺。有朝一日當我十六歲，可以與我一戰嗎？我想讓在瓦爾哈拉遠眺的母親大人看看我是如何成長的。」

「好的。」

我簡短答道。

雖然和妮娜小姐兩人談了好一會兒，我回過頭來。

「瑪蒂娜。」

對我的騎士學徒，我的從士說道。

「有什麼事嗎？」

「瑪蒂娜的母親卡羅琳當時與我決鬥。」

「我知道。」

我想也是。

不過，還有件事沒告訴妳。

「在卡羅琳臨死前，我曾問她有沒有遺言想說。她給我的回答只有『瑪蒂娜』而已。」

「……那又如何？」

瑪蒂娜不愉快地轉過臉。

「妳也同樣可以恨我。」

「我這條性命是您不惜將額頭抵在地上才救回來的。我不想成為那種忘恩負義的人。」

「那不是為了救妳。」

沒錯。

嚴格來說，我想救的不是瑪蒂娜這個人。

只是走投無路的幼雛飛進自己懷裡罷了。

並非處於戰場的平常心態下，我要怎麼用自己的雙手斬下小孩子的頭，這種前世的價值觀一時失控。

無論對方是誰，同樣境遇的人出現在眼前，我都會向莉澤洛特女王求情，出手相助吧。

「那只是我自己異樣扭曲的尊嚴使然。所以瑪蒂娜也沒必要因此介意。要說幾次都可以。恨我也無所謂。我是懷著這般覺悟在殺人。」

「這樣的人生態度，您打算堅持到何時呢？」

「直到我死。恐怕是死在某人手上。」

肯定無法壽終正寢。

這我已有心理準備。

所以無所謂。

我想要的是能夠繼承我的領地，成為像樣的領主騎士活下去的繼承人。

只要有了繼承人，儘管對人生仍有悔恨，但我有死了也無所謂的覺悟。

「啊啊，總之我想要老婆。」

我不理會兩位少女的存在開口抱怨。

究竟何年何月我才能結婚啊。

「……我想波利多羅卿應該也有喜好，遇到何種女人才會讓你心甘情願同床共枕呢？」

妮娜小姐聽了我的抱怨，如此問道。

我回答：

「只要純粹就好。」

只要胸部夠大就好。

處女與否根本不重要。

不管過去愛過誰，有過何種男女關係都無所謂。

反倒是寡婦更讓人興奮。

「純粹？」

「沒錯，純粹。對了，我不是指男女經驗上的意思喔。」

最後，只要那個胸部大的女人願意待在我身邊，為我生下子女就夠了。

我說的純粹是這個意思。

我無限純粹的感情。

對巨乳的憧憬。

這就是我的戀愛定理。

「對妮娜小姐說這些也許還太早了。」

「不過法斯特大人是處男吧？毫無戀愛經驗吧？您一臉得意談論戀愛也沒有說服力。」

瑪蒂娜強烈的吐槽。

雖然是事實，但我又能如何。

在安哈特王國長相不受歡迎的我若要娶到老婆，有必要堅守處男的貞潔之身。

沒異性緣所以沒機會戀愛。

因為不懂何謂戀愛，更是沒異性緣。

負面循環。

「從我這個維廉多夫人的角度來看，坦白說無法理解波利多羅卿不受歡迎，也不太能理解你口中說的純粹。不過，這件事就先放一旁吧。」

她咳了一聲清嗓。

妮娜小姐微笑道：

「波利多羅卿，我之前的確恨過你。但是，我的意思不是在你身上找不到就男性而言的價值。在我十六歲之時，若我在比試中勝過你，希望你願意許身於我。」

「在我看來只是十二歲小鬼頭的戲言。」

我不當一回事。

我不是蘿莉控。

我信仰大胸部。

也就是熱忱信徒。

我是優秀的騎士、勇敢的戰士，而且也是胸部教信徒兼頂天立地的領主騎士。

我誠心希望她能理解這一點。

不過，倘若妮娜小姐那未發育的胸部日後有所成長。

屆時要認真看待也未嘗不可。

不過，故意在比試中敗北這種行徑，身為騎士就算死也不會去做就是了。

法斯特．馮．波利多羅為了波利多羅領的名譽，有必要維持無敗。

至少在我的繼承人出世前。

「妮娜大人，宅第到了。」

馬車停了下來。

就法袍貴族而言，那宅第十分巨大，看起來也有招待十四名第二王女親衛隊的空間。

可窺見克勞迪亞．馮．雷肯貝兒受到王室何等重用，受到何等愛戴。

坦白說，這是國家重臣的豪宅吧。

不過我的三十名領民，還是請人幫忙準備了王都的旅店給她們。

「那麼，請進入屋裡吧。」

我跟隨著先下馬車的妮娜小姐，領著瑪蒂娜一同走進宅第。

第41話 瓦莉耶爾的憂鬱

正式名稱是瓦莉耶爾．馮．安哈特大人。
簡稱瓦莉大人，她已經死了。
這裡是雷肯貝兒宅第的分棟。
與足以容納親衛隊全員的豪華客房的床鋪融為一體後，瓦莉大人就再也站不起來了。
「說真的，好想死。」
整個人埋在床鋪中，瓦莉大人呢喃道。
我想至少該脫下靴子吧。
「請冷靜下來，瓦莉大人。我是說瓦莉耶爾大人。」
「瓦莉大人是什麼？」
親衛隊之一，也就是我在心中懷著親愛之情稱呼瓦莉耶爾大人為瓦莉大人。
這名稱不禁脫口說出。
臉朝下，整個人依舊埋在床鋪中的瓦莉大人問道，而我回答：
「瓦莉耶爾大人，也用不著這麼喪氣。畢竟和平談判也算是成功了。」
「是啊。靠著法斯特犧牲自己而成功了。我什麼也沒做啊。」

第二王女顧問法斯特．馮．波利多羅。

那位大人從頭到尾就不怎麼指望瓦莉大人的談判能力。

他已經完全看穿了瓦莉大人的能力。

在那敵國高層齊聚一堂的場合，就算偷摘莉澤洛特女王的已逝王配用心栽種的玫瑰花。

換作是安娜塔西亞第一王女或亞斯提公爵，心裡大概會想著「那笨蛋居然下手了」但表面上肯定不動聲色吧。

除了瓦莉大人之外，誰能那樣並非出自演技而真心慌張失措呢？

換言之，波利多羅卿讓瓦莉大人扮演了丑角，他的行動也以此為前提。

對此我不太氣憤。

因為這是融化卡塔莉娜女王的鐵石之心，使和平談判成立必須的行為。

到頭來，雖然必須詢問波利多羅卿才能得知有多少事在他的意料之中。

但就結論來說，波利多羅卿的確順利完成了談判。

一切都成功了。

唯獨一件事。

「之後要挨母親大人的罵也無所謂啦。結果還是讓法斯特背負了一切。」

犧牲了波利多羅卿的貞操。

在安哈特沒有異性緣的英傑，甚至受到部分貴族侮蔑的波利多羅卿，儘管如此，他也沒有主動對無關的陌生女人張開大腿的性癖才是。

情緒激動時雖然慷慨激昂，但平常木訥寡言又認真嚴肅。

至今二十二歲，依舊堅守處男純潔之身的波利多羅卿。

對象雖是敵國女王，但像這樣被當作種馬對待，他想必也不願意吧。

哎，雖然我覺得他並不討厭卡塔莉娜女王，而是因為境遇相同而對她懷抱同情就是了。

這點程度的理解，未經嚴格騎士教育的第二王女親衛隊等人的智能也能辦到。

不過我就直說了吧。

波利多羅卿出賣肉體，贏得了和平談判。

「這樣一來，法斯特的風評會變差嗎？」

「不只波利多羅卿的風評會變差——安哈特王室的風評也會變差。」

薩比妮插嘴說道。

臉色稍顯蒼白。

心儀的男性預定要和其他女人上床，臉色當然不會好看吧。

不過世上本就是一夫多妻制，多數女性共享一名男性也不稀奇。

臉色也沒必要如此鐵青吧。

若想占有波利多羅卿的純潔，搶先奪走處男之身就好了。

「首先，沒見識的蠢人想必會嘲笑波利多羅卿吧。那男人沒異性緣到不惜賣身給敵國女王，肯定會出現這樣說的蠢貨。」

「……要是見到這種笨蛋，立刻跟我報告。就算當場痛扁宰了她，王室也會允許。即使是爵位比妳們還高的對象也一樣。打她的臉也用不著客氣，至少要打斷牙齒。」

「這點用不著您下令。」

波利多羅卿輔佐初次上陣，而且發自內心為漢娜之死悼念，是我們的戰友。

就如同薩比妮的回答，用不著瓦莉大人命令，我們也會飽以老拳。

對波利多羅卿的侮辱，就等同對我們的侮辱。

在維廉多夫戰役與他出生入死的第一王女親衛隊以及公爵軍的騎士們，想必也是如此。

安娜塔西亞第一王女與亞斯提公爵都會默認這樣的懲罰。

恐怕就連莉澤洛特女王也不例外。

「我可以繼續說下去嗎？」

「可以啊。法斯特因為這次的行為，在某些人眼中並非為國家獻身，甚至會出言侮辱，這我明白。接下來妳說王室的風評會變差，是指什麼？」

瓦莉大人的臉依舊埋在床鋪上，繼續說道。

看來她尚未取回起身所需的氣力。

本次的目的，和平談判成立了。

但是瓦莉大人受到強烈的打擊。

「這些是絕不會輕視波利多羅卿，純粹將他看作是救國英傑的理智貴族們的評價。雖然有一部分是波利多羅卿主動自我犧牲，但王室把所有的負擔強加在波利多羅卿身上。」

「就是這樣啊～我什麼也沒辦到啊。」

薩比妮對瓦莉大人落井下石。

妳也講得委婉一點，笨蛋。

我甚至覺得瓦莉大人的身體漸漸陷進床鋪裡面了。

「為何王室沒有給他任何支援呢？怎麼可以把我國英傑的貞操出賣給敵國的女王？安哈特王室給救國的英傑法斯特・馮・波利多羅卿的回報，配得上他的功績嗎？雖然他是超人，但是將契約之外的種種難題強加在區區三百人的弱小領主身上，難道不覺得羞恥嗎？這種不滿會在與王家締結保護契約的領主騎士，以及有良知的法袍貴族之間萌芽。因為論功行賞的比例顯然不合理。」

我就叫妳慎選用詞。

「……對。這麼說是沒錯。」

妳看瓦莉大人都說不出話了啊。

一動也不動。

猶如屍體。

我彷彿見到了溺死屍體般鼓脹卻又深深陷進床鋪的瓦莉大人。

「我該怎麼做才對？」

不是問任何人，瓦莉大人唸唸有詞。

這問題誰也無法回答。

實際上，無法待在她身旁的我們束手無策。

當時能陪伴在瓦莉大人身旁的只有親衛隊長薩比妮。

我們只被允許在女王大廳的入口旁列隊等候。

既然妳當時都注意到了，難道就不能幫點忙嗎？

這樣的視線從我們十三名第二王女親衛隊員朝薩比妮看去。

她大概注意到了吧。

薩比妮方才蒼白的臉龐變得通紅，有如黑猩猩般咆哮。

「難道妳們就有辦法改變嗎！那場談判的主角只有卡塔莉娜女王和波利多羅卿，就那兩個人而已。當時那空間根本不容許其他人干擾！」

妳這麼說也沒錯啦。

不過妳薩比妮在緊急時刻特別靈光的腦袋和口才，不就是為了這種時候存在的嗎？

我這麼想著。

我們達成了和平談判。

不，並非如此。

是法斯特·馮·波利多羅這號英傑談成了和平談判。

後世的歷史大概只會這樣寫。

那其實也無所謂。

但是莉澤洛特女王已經與我們約好，只要和平談判成功，就會讓第二王女親衛隊全員升階一等。

我們明明就毫無功勞可言，可沒有立場領賞啊。

「難道真的沒辦法嗎？」

我不由得脫口而出。

哎，薩比妮的回答我也猜得到。

「如果真有機會，我也會拚上這條命啊！打從一開始維廉多夫要的就是波利多羅卿，至於卡塔莉娜女王，波利多羅卿以外的其他人最後在她眼中，大概都和路邊的螻蟻沒兩樣吧。對方本來就沒把我們當一回事，我又能怎樣？」

也是啦。

而且薩比妮還喜歡上波利多羅卿。

聽見敵國女王要求波利多羅卿獻種，她想必怒氣直衝腦門吧。

也許該反過來稱讚她這頭黑猩猩居然沒有當場發飆。

哎，問題還是他。

波利多羅卿真是罪孽深重。

我突然這麼想。

居然那麼高明地融化了冷血女王之心，藉著那番對母親嘔血般的真情懺悔，使得卡塔莉娜女王更加感同身受，讓她動了真情。

那真是罪孽深重的男人。

雖說有著身為安哈特國民的感性而無法喜歡上他的外表，就連只聽了這些話的我也迷上了他。

波利多羅卿真是罪孽深重的男人。

面對這招還不墜入情網的女人，在這世上真的存在嗎？

所以啦。

「瓦莉耶爾大人，我們這樣子也算得上努力過了。」

我對瓦莉大人這樣說道。

我反而覺得，是出招這麼狠的波利多羅卿不好吧？

真的有必要讓卡塔莉娜女王動真情嗎？

我不禁陷入這般為自己辯解的思考。

我們是為了和平談判而來，不是為了一睹魔性美男波利多羅卿攻陷女性的技巧。

波利多羅卿途中肯定也忘了本來的目的吧？

最後那番嘔血般的真情告白，絕對是在激情之下脫口而出的吧。

絕對不是出自算計的演技。

所以他才被稱為魔性吧。

「這樣也算得上努力過了。」

瓦莉大人頓時從床鋪挺起身子。

或多或少從打擊中恢復了吧。

她轉身面對我們，開口問道：

「我該怎麼做才能報答法斯特？」

「這就今後慢慢想吧。」

維持積極，積極正面。

暫且如此。

「首先就是為了偷摘玫瑰的事情，和波利多羅卿一起和莉澤洛特女王道歉吧。」

「這是一定要的吧。下一個。薩比妮，用妳的腦袋提些點子。」

瓦莉大人的臉轉向還未從打擊中恢復，臉色仍然蒼白的薩比妮，催促她發言。

「告訴他獎賞是可以在床上隨意玩弄親衛隊長薩比妮的身體。」

「那對法斯特有什麼好處？全部都是妳的願望吧？」

為何男人蹂躪女人的身體會是獎賞啊。

去死吧，薩比妮。

波利多羅卿可不是賣春夫。

絕非放縱性慾的怪物。

憤怒騎士雖然有時慷慨激昂，但平常可是嚴肅認真又木訥的純情男子。

「給我認真回答。」

「首先是這次約好和平談判成功後要給波利多羅卿的高額報酬。如果金額增加，我想波利多羅卿也會開心吧？」

「為何是疑問？」

薩比妮難以啟齒般說道：

「法斯特．馮．波利多羅卿變賣貞操換得金錢。這樣認定的人會增加。」

「所以王室有必要給予金錢以外的其他報酬。」

「如果不這麼做，如果不澈底回饋波利多羅卿，恐怕大事不妙喔。」

薩比妮更加難以啟齒般接著說。

「大事不妙，是指——」

「還有一件事，波利多羅卿剛才對卡塔莉娜女王的疑問明確吐露了心中的不滿。請回想起來。」

「啊啊……」

瓦莉大人臉色發白。

當卡塔莉娜女王發問「對國家的英傑，居然連安排相配的妻子都辦不到。更何況國民和貴族居然對英傑冷眼相待？安哈特王國究竟是怎麼回事？」波利多羅卿的回答是：

「雖然我對這方面也並非全無不滿……」

波利多羅卿明顯對安哈特王室有所不滿。

要他為了契約以外的工作如此做牛做馬，有這種心情也很正常吧。

萬一這時救國的英傑波利多羅卿投靠維廉多夫，將是安哈特王室最大的恥辱。

會在史冊上永久流傳。

「怎、怎麼辦？我是不是應該現在就去向法斯特為這次的事情道歉？」

「不，波利多羅卿對瓦莉耶爾大人應該沒有怒意才是。」

因為瓦莉大人什麼錯也沒有嘛。

況且這次決定派遣他來和平談判的人，是安娜塔西亞第一王女和亞斯提公爵。

波利多羅卿已讓瓦莉大人扮演丑角，之後還要她為偷摘玫瑰之事一起道歉。

不至於厭惡瓦莉大人吧。

不過還是需要對策。

不給予金錢以外的獎賞以回報波利多羅卿，後果不堪設想。

「這時，就順著敵人的意見，也就是卡塔莉娜女王的話思考吧。波利多羅卿想要什麼，結論已經擺在眼前。」

「呃～相配的妻子？仔細一想，法斯特以前曾經拜託我幫他介紹貴族的相親對象。但我根本就沒有分量，怎麼可能安排配得上法斯特的貴族妻子，於是就拒絕了。」

雖然已經是很久以前的事。

瓦莉大人回想道，於是再度抱頭苦思。

「就算到了現在，我還是沒辦法找來配得上法斯特的貴族妻子啊！我原本不值一提的風評雖然改善了，但是自從初次上陣還沒過多久，在貴族之間也還沒有人脈啊！」

「瓦莉耶爾大人。」

薩比妮站到瓦莉大人面前，笑得牙齒閃亮。

「我這個人選如何？」

「啊啊，對法斯特的歉意會讓我想死所以不行。」

「為何！」

明知故問嘛，笨蛋。

波利多羅卿想要的是符合過去累積的功績，而且配得上本次功績的體面妻子吧。

但妳這傢伙只會丟人現眼吧。

在我看來，波利多羅卿根本就不要薩比妮。

雖然薩比妮口口聲聲說什麼「我們兩情相悅」，「真的追到手了」。

救國的英傑波多羅卿，恐怕只是因為太沒有異性緣，一時被薩比妮這頭黑猩猩吸引。

總不可能是真的愛上了她。

薩比妮的戀情，很遺憾最後只會以單相思收場吧。

「哎～到底該怎麼辦～」

瓦莉大人依舊沒有下床。

至少先脫下鞋子比較好吧？這句話差點脫口而出的同時。

我嚥下了呼之欲出的話語。

險些說出口的話是——

瓦莉耶爾大人何不乾脆放棄王位繼承權，下嫁波利多羅卿呢？

我覺得是個好點子。

雖是救國的英傑，要第二王女下嫁三百領民的弱小領主，真的好嗎？

再者，也不知道瓦莉大人如何看待波利多羅卿。

如此心想的我決定不說出口。

如果瓦莉大人喜歡波利多羅卿，親衛隊全員都會贊成。

為瓦莉大人抱頭煩惱的模樣感到可愛的同時，親衛隊隊員之一深深嘆息。

第42話 遊牧民族國家

雷肯貝兒宅第的庭院十分寬敞。

政治、軍事、戰場。

雷肯貝兒於三方不同領域都立下卓越功績，王室為她準備了最頂級的豪宅。

庭院中甚至設有射箭場，到箭靶的距離約莫六百公尺。

「距離箭靶真遠。」

「若要超越遊牧民族使用的複合弓，就需要這樣的距離。」

「飛翼。麻煩了。」

我跨上了從士長赫爾格為我牽到雷肯貝兒宅第的愛馬飛翼。

隨後自妮娜小姐手中，接過了她的母親克勞迪亞・馮・雷肯貝兒生前慣用的魔法長弓。

「我看看。」

「拉力需求非常高。母親大人克勞迪亞為這把長弓要求的魔術刻印，並不是減輕拉力，而是威力與射程。」

「很合理啊。」

我將弓弦拉到手肘的位置。

不算吃力。

不過常人恐怕無法拉開吧。

對我來說算不上吃力。

「還真的拉得開啊。不愧是擊倒母親大人的超人。」

「還行啊。」

我拉弦。

憶起維廉多夫戰役。

我記得雷肯貝兒卿當時將弦拉到胸口處。

我決定嘗試看看，自己究竟能拉多開。

拉到耳朵的位置。

最多能拉到這裡。

「波利多羅卿？」

「我想先拉到耳旁，見識一下威力。」

如果距離是六百公尺，拉到胸口就很夠了吧。

不過我想澈底發揮這把魔法長弓的潛力。

不知為何，妮娜小姐欣喜地笑道：

「請儘管試。」

我乘坐在飛翼上，鬆手放箭。

箭矢朝著目標飛翔而去，直接擊中了箭靶中心，並非刺在箭靶上，而是順勢貫穿靶面。
若目標換作敵兵，就算是重騎兵也能將鎧甲開個洞吧。
「每位超人都能辦到同樣的事嗎？」
六百公尺遠。
憑著我的視力清晰可見的箭靶上，留有同樣被貫穿的無數痕跡。
雷肯貝兒卿想必在此做過同樣的事吧。
我回答妮娜小姐的疑問。
「需要練習。」
並非靜止的目標。
乘坐在奔馳的飛翼上。
擊中會動的目標——同樣騎馬戰鬥的遊牧民族，或多或少需要練習吧。
在這樣的條件下，拉到胸口處最適當嗎？
我從雷肯貝兒卿實戰中的行動學習。
「我和卡塔莉娜女王約定，如果你能拉開這把弓就借給你使用。在我十六歲的時候，會去向你取回。」
「就借到那時候吧。順便教我怎麼保養。」
要向專屬商人英格莉特訂購的保養道具又增加了。
雖然保養要花錢，但也沒辦法。

明年的軍務，對手不會是山賊。
十之八九是遊牧民族。
與維廉多夫的和平談判已經成立，對選帝侯安哈特王國而言，周邊國家根本就不須放在眼裡。
唯一只剩下北方的威脅。
安哈特王國會幾乎動用全力，澈底擊潰遊牧民族。
坦白說很麻煩，我並不想參加，要動用身為第二王女顧問的特權，把對手換成弱小的山賊而蒙混過關也不是不行吧？
「哎，大概不行吧。」
責任已隨著名聲水漲船高。
法斯特．馮．波利多羅怎麼不在這戰場上，而是追著區區山賊的屁股跑呢？
受到這種批評會很麻煩。
更重要的是，瓦莉耶爾大人也會帶領第二王女親衛隊，前去驅逐遊牧民族吧。
視場合而定，安娜塔西亞第一王女或亞斯提公爵也會親自領軍。
我不得不上陣吧。
啊啊，真夠麻煩。
考慮到這一點，現在先取得可能一箭射殺敵方族長的長弓還真是幸運。
克勞迪亞．馮．雷肯貝兒面對遊牧民族使用的戰術。

先射殺族長，接著射殺弓兵。

我會參考這招的。

讓敵方沒有機會使出安息回馬箭。

不過，箭矢數量恐怕不夠。

我想要有一名騎兵攜帶大量箭矢，跟隨在我身旁。

而且是足以信賴的搭檔。

我這麼想著時。

「倘若祖國有克勞迪亞．馮．雷肯貝兒，或是法斯特．馮．波利多羅在——」

從宅第的方向，彷彿在對我搭話又像是自言自語的聲音傳來。

「祖國是不是就不會滅亡了呢？」

身材高䠷，一頭銀灰白髮的女性現身了。

既不是安哈特人，也不是維廉多夫人。

很明顯是東方人，鼻樑較低，但擁有美麗的容貌。

其胸部十分豐滿。

我和她對上視線。

她深深低下頭。

雙手中握著和我同樣的長弓。

刻在上頭的魔術刻印，和我手上這把相同。

「那是母親大人持有的備用品。卡塔莉娜女王要我借給她使用。」

「她是東方來的？」

「是的，聽說她打從遙遠的絲路彼端而來。」

妮娜小姐挺起那稚嫩的胸部，洋洋得意地解釋。

根據她所說，這人是東方的武將，相當於我們國家的騎士。

由於國家覆滅，便乘著愛馬流浪般走過絲路，最後流落至維廉多夫。

「因為有幸晉見卡塔莉娜女王。現在我的立場是雷肯貝兒家的食客。」

「既然女王下令要把弓借給妳，就表示——」

「是的。意思就是要我用這把弓，代替雷肯貝兒卿射殺遊牧民族吧。」

代替雷肯貝兒卿。

就算單純指弓術本領，也稱得上相當程度的強者吧。

「我想見識一下身手。」

「雪烏。」

回應我這句話，她呼喚道。

一瞬間不知她的用意。

不過趴伏在附近的白馬起身，跑向我們。

啊啊，是馬名啊。

她跨上白馬，和我一樣拉動長弓的弦。

其動作之流暢，從旁看上去完全感覺不到那強烈的拉力。

她將弦拉到耳畔，鬆手放箭。

那與我剛才射的箭一樣，貫穿了靶面。

「了不起。」

「除此之外別無所長。」

「失禮了。應該先自我介紹才是。雖然妳好像知道，我是法斯特．馮．波利多羅。請問妳尊姓大名？」

她稍微遲疑後。

簡短回答。

「我名叫月。在這裡是月亮的意思。」

「不好意思，敢問家名？」

「家名——」

她神色憂傷，像是回憶起某些事，咬緊嘴唇回答：

「家名在國破家亡時已經捨棄了。由於我沒有守住國家。」

「失禮了。剛才的確已經聽妳提起了。」

妮娜小姐剛才也說過她的國家滅亡了。

為何？

哎，遙遠的絲路彼端的情勢，我也不清楚就是了。

「請容我失禮一問。國家是為何滅亡？」

「被遊牧民族，不——」

月閣下眺望遠方，答道：

「被應該稱之為遊牧國家的國家攻破了。」

「遊牧國家？」

第一個念頭是：「不會吧。」

這個世界和前世的世界不一樣。

若有十名嬰兒誕生，其中平均九名是女人，男人只有一名。

男女比一：九的怪異世界。

我轉生到這個世界上。

如果世上真有神，這安排實在充滿惡意。

而且這世界不只有魔法，也有奇蹟。

在傳說中也頻繁出現。

不過這世界和我過去存在的前世，還是有其近似之處。

我現在居住之處是類似中世紀奇幻世界的歐洲地區。

也有個神聖古斯汀帝國，稱得上是神聖羅馬帝國的復刻版。

安哈特與維廉多夫就是帝國的七名選帝侯之中的兩人。

而安哈特與維廉多夫都飽受北方遊牧民族掠奪。

一望無際的大草原上，難以發展集約農業，雖然適合畜牧，但也僅止於此。

那是一片難以定居的乾燥地帶。

所以我不禁想著。

應該不會吧？

所以我追問：

「妳說的遊牧國家，可以視之為騎馬民族國家嗎？」

「騎馬民族國家，要這樣稱呼也無妨。遊牧騎馬民族國家。不分老少都精通騎術的遊牧民族集團。但還不只如此。她們已經不僅是擅長機動戰術，現在甚至具備了攻陷要塞都市的能力。我們束手無策地覆滅了。」

我問了個笨問題。

只是換個名詞罷了，並非我想問的意思，但是她回答了我真正想知道的情報。

要冷靜，法斯特·馮·波利多羅。

根據現在得到的少許情報來思考，假設這世界上——

若要與之為敵，就連想像都不願意的蒙古帝國。

就算有如蒙古帝國復刻版的國家真的存在。

那個國家也不一定會西征，就算要來，也是幾十年後的事。

不，如此斷定是愚蠢的判斷。

光憑我還無法判斷。

想要更多情報。

能告知比我更賢明的人，足以取信掌權者的情報。

能告知莉澤洛特女王、安娜塔西亞第一王女與亞斯提公爵的情報。

但是，就算現在從月閣下口中問出了她滅亡的國家，想必也和我所知的王朝不是同一個名字吧。

在我的前世，當金朝臣服後，蒙古帝國一路攻到德國、波蘭一帶，到底花上了幾年？

等等，就算回想起來，在現世也派不上用場吧。

該怎麼辦才好。

不過，唯獨有一點我想先問清楚。

我向妮娜小姐問道：

「這是和平談判成立的慶賀，也就是禮物嗎？卡塔莉娜女王下了指示嗎？」

「我無法回答。」

這答案無異於回答。

卡塔莉娜女王提出了當遊牧騎馬民族進攻至此時，兩國攜手抗戰的方案。

讓我和月閣下在雷肯貝兒宅第會面，就是戰鬥準備的最初階段。

也許威脅已經近在不遠的將來了。

與我們分享這份情報。

恐怕只是我不知情，但神聖古斯汀帝國應該已經取得了遙遠絲路彼端的情報吧。

貴為選帝侯的安哈特與維廉多夫，應該也同樣得知了這份情報。
但是安哈特不知道有滅亡王朝的武將流落至此。
並未確實感受到危機。
所以要透過立場上能對王室直言勸諫的我來傳達嗎？
到這裡我還能理解。
「波利多羅卿。若安哈特的應對讓你感到不滿，隨時都可以來維廉多夫。與你攜手就能對抗。」
月閣下如是說。
言下之意就是，萬一安哈特遲疑不決，乾脆拋棄國家投靠維廉多夫。
卡塔莉娜女王也是如此邀請。
當然我不可能拋棄領地而逃走。
「好意我就心領了。請告訴我騎馬民族國家的詳情。」
「好吧。」
月閣下任由突然吹起的風悠悠拂動她的銀髮。
那麼，究竟能得知多少情報呢？
情報究竟派不派得上用場，也是未知數。
不過，我得告知一切才行。
當下安哈特的三大掌權者究竟在做什麼呢？

我雖如此思索，反正很快就要回去了。
沒意義的思考就省了吧。
比起這些事，還有一人必須在此聽聞這些情報。
「瓦莉耶爾大人呢？」
「之前帶領她到分棟了，不過似乎還沒出門過。」
「我去叫她過來，我希望和瓦莉耶爾大人一起聽這番話。」
我對妮娜小姐低聲說道。
「那位大人真能派上用場嗎？在談判時明明就像個丑角。」
妮娜小姐對瓦莉耶爾大人的能力似乎有些懷疑。
是我讓她扮演丑角的。
不好意思了，瓦莉耶爾大人。
「有這必要。至少需要她和我一起向莉澤洛特女王報告。我只是三百領民的弱小領主騎士啊。」
我身為第二王女顧問，立場上確實能直接向莉澤洛特女王進言。
但唯獨瓦莉耶爾大人在我身旁之時。
如果瓦莉耶爾大人不在場，又或者莉澤洛特女王不准許，我也無權發言。
「安哈特真是麻煩。所以我才討厭。在維廉多夫，若是波利多羅卿這樣的武人，就算是平民也能直接向王室進言。」

「國家成立的脈絡不一樣啊。」

兩個國家都有其優劣之處。

因為我是超人，在維廉多夫會比較快活就是了。

無論何事都順心如意的人生，那也沒什麼意思。

我想著這些事，在妮娜小姐的帶領下，三人一同走向分棟。

話說瓦莉耶爾大人現在正忙些什麼呢？

雖然我這麼想——

「命令。給我圍毆薩比妮。」

於雷肯貝兒家分棟的庭院。

瓦莉耶爾大人正向親衛隊全員下令圍毆薩比妮。

「為何？難道我做錯了什麼事嗎？」

「因為妳莫名其妙叫我和法斯特結婚啊！而且妳還要當第二夫人，什麼意思啊！」

「這一點都不莫名其妙。名正言順。這是循著常理思考的判斷——」

到底在講些什麼。

在妮娜小姐與月閣下眼前，未免太難看了，我本來打算阻止。

「判斷的結果是，我想和敬愛的瓦莉耶爾大人與波利多羅卿三人，在床上享受魚水之歡而已。」

別插手好了。

她似乎說了些被圍毆也不奇怪的話。

經歷了那次初次上陣，薩比妮閣下仍是一頭黑猩猩嗎？

我稍微調低了對薩比妮的評價。

不過因為薩比妮擁有火箭般的挺拔胸部，法斯特的評價依舊稍嫌放水。

第43話 對和平談判成立的反應

安哈特王城之中的會議室。

十數名法袍貴族圍繞著巨大的會議桌。

被選為本重要場合參加者的官僚貴族們坐在桌旁，等候我眼前的水晶球的報告。

那是魔法水晶球，透過數顆水晶球接力以達成遠距離通訊。

通訊對象是莉澤洛特女王的女兒，瓦莉耶爾第二王女——並非如此。

而是敵國維廉多夫的軍務大臣。

嗓音枯啞，傳聞中年齡已破百的老太婆。

撇開我莉澤洛特年幼時的記憶不談，早在二十年前應該就是個老太婆了。

「那麼和平談判已經順利成立了。」

『是的。雖然需要您確實遵守條件。請容我再度強調。需要您確實遵守條件。若法斯特．馮．波利多羅在兩年後還沒有正室，他必須迎娶維廉多夫的妻子。這是「契約」喔。』

維廉多夫心目中的「契約」二字。

分量更勝死亡。

即便代價是死亡，維廉多夫也會實現契約。

在她們的文化裡，即便賭上性命，也不允許對方違背契約。

所以，既然維廉多夫將和平談判視作契約，她們想必會遵守和平期限。

只要安哈特遵守本次契約，就算將兵力從維廉多夫的國境線調走，現在已無任何問題。

這樣當然很好，問題在於契約內容。

我以安哈特女王的身分思考。

法斯特・馮・波利多羅出賣自己的貞操，贏得了維廉多夫的和平契約。

這問題比什麼都大。

『那麼通訊就到此結束。賦予水晶球的魔法之力也並非無限。』

「好，以我安哈特王國女王莉澤洛特之名，必當遵守契約。」

結束通訊。

波利多羅卿的賣身契已然簽訂。

安娜塔西亞與亞斯提想必會氣憤難平吧。

坦白說，我心中也不甚愉快。

無論於公於私兩者的立場都一樣。

終究不是聽了會舒服的事情。

該如何回報法斯特才好？

雖然我要他斬斷卡塔莉娜女王之心，但沒想到他居然奪下了那顆心。

澈底融化了冷血女王卡塔莉娜的心，甚至讓她強烈希望迎娶法斯特為王配。

這實在突破了我的料想。

是我失算了。

「收起水晶球。」

「遵命。」

先前參加製作波利多羅卿的溝槽鎧甲的宮廷魔法師以布覆蓋水晶球。

隨後雙手慎重地捧起水晶球，身影消失在門後。

為失算懊悔也無濟於事。

這並非波利多羅卿的責任。

一切都是正使瓦莉耶爾、指名他擔任使者的安娜塔西亞，以及身為女王的我的責任。

如今王室單方面將負擔強加於波利多羅卿。

必須回報其貢獻。

然而，要指名誰成為法斯特的妻子？

如果法斯特在安哈特找不到對象，就要迎娶維廉多夫欽點的妻子，唯獨這件事死也不能容忍。

我國安哈特就連為了救國英傑法斯特．馮．波利多羅安排一位相襯的妻子都辦不到，讓他娶了維廉多夫準備的妻子。

而且他原本甚至配得上維廉多夫的女王，對方只是顧及安哈特的面子，在無奈之下好心妥協。

再說一次，唯獨這種事情死也不能容忍。

這將是安哈特王國的奇恥大辱。

「這樣不是很好嗎？」

說話聲從旁傳來。

年輕女人的嗓音。

我記得是新人。

對了，這女人幾天前為了家主更迭而晉見，我也認可她的地位了。

「如此一來，我國毫無損失就達成和平談判了。哎呀，真是萬幸。」

妳是哪門子的蠢貨？

毫無損失？

談判成立當然遠勝過談判破裂。

但是，損失相當沉重。

再度重申，將一切負擔都推到法斯特身上了。

王室將所有的負擔，加諸在儘管是救國英傑，卻是只有區區三百領民的弱小領主騎士法斯特肩上。

有良知的法袍貴族當然明白，與王室締結契約的諸侯都會這麼認為。

該如何挽回這般失信？

今後王室究竟打算如何報答法斯特？

人人都在觀望。

即便是黑猩猩——更正，第二王女親衛隊也該明白吧？

那麼妳究竟在說什麼？

等等，這傢伙不就是……

「多虧法斯特．馮．波利多羅談成了這個契約啊。哎，那醜男在維廉多夫大受歡迎。他想必也很幸福吧？」

除了新人之外，在場的官僚貴族無一不皺眉。

這傢伙是不折不扣的白痴嗎？

從母親手中接過家主位子，進王城之前難道沒人叮嚀她嗎？

不，就算沒有耳提面命，既然是繼承家主的長女就該明白吧？

波利多羅卿是安娜塔西亞第一王女與亞斯提公爵私下指定的情夫。

她應該要知道，波利多羅卿是那兩人戀慕的對象，若非遲鈍至極的女人，就該輕易理解才是。

至少有資格參加這場合的官僚貴族應該要明白。

這些事本來就該心知肚明。

不，話說回來。

她為何能如此侮蔑於本次和平談判立下功勞的波利多羅卿？

說他是個醜男。

這女人剛才的確說了，說波利多羅卿是個醜男。

等等，我記得，妳的母親是——妳之所以能繼承家主，參加這場合的根本理由……

所有人都萬分傻眼時。

我立刻就理解了自己身為女王，在這場合應當做出的決定。

「妳的母親本來是維廉多夫的談判官吧。而妳稱呼代替她參加和平談判的波利多羅卿是醜男。」

我面露微笑，對著稱呼波利多羅卿為醜男的女人如此說道。

在場的貴族都嚇得臉色發白。

雖然還沒接到命令，方才站在牆邊的女王親衛隊，已站到那女人背後。

不，女王命令已經下達了。

透過我莉澤洛特的微笑。

「是的。有何問題嗎？這樣不是很好嗎？既然交出那醜男就能換來和平談判成立。那滿身肌肉的粗野模樣，簡直——」

「簡直怎樣？那又怎麼了？而且，妳又說了一次。」

我的微笑變得更深。

平常我鮮少改變表情。

最近頂多只有波利多羅卿磕頭求情的事件讓我慌張到改變表情。

我這笑容的意義，在場的官僚貴族們應該都心知肚明。

我莉澤洛特的笑容——

「妳又說了一次。說他是醜男。」

代表了憤怒。

唯獨真正憤怒之時，才會清楚浮現在臉上。

只要有權進入安哈特王宮大門，每個人都應該明白那是最應當畏懼的事態。

我有時會刻意激動，順從情緒驅使，以達成身為女王的職責。

場上尚未理解事態者。

「為、為何——！」

只剩雙臂被兩名女王親衛隊扣住，臉部撞向桌面的新人官僚。

想必是為了參加本次會議而新買的禮服，現在沾上了鼻血。

「這就是我國的現狀嗎？就連法袍貴族和官僚貴族的新人都淪落至此。無法承認救國英傑法斯特・馮・波利多羅的功績，只因為外貌就發自內心鄙視，甚至為了英傑被迫賣身給敵國而額手稱慶，大聲叫好。」

我的微笑變得愈來愈深。

女王親衛隊完全理解我的意思。

從十八年前的初次上陣就伴隨左右至今的情誼。

親衛隊一次又一次將女人的臉砸向桌面。

女人口中傳出慘叫。

「讓她閉嘴。真刺耳。」

「是！」

親衛隊將桌巾塞進她嘴裡。

隨後回過頭來繼續從事將女人的臉砸向桌面的單純作業。

我依舊保持微笑，掃視圍繞同一張桌子的官僚貴族們。

視線掃過一圈，駐足於某一位貴族的臉上。

解釋給我聽聽？

我並非開口，只用視線提問。

貴族開口回答。

無妄之災啊。雖然我彷彿聽見她無聲的慘叫，但我充耳不聞。

「這女人因為資歷尚淺，尚未理解安娜塔西亞第一王女與亞斯提公爵對波利多羅卿抱持好感。」

「不明白是個問題，但不只如此吧？」

「是的，若我的記憶沒錯，這位新人會出現在這場合，是因為其母為了與維廉多夫的和平談判失敗而負起責任，進行家主更迭。」

就是這樣吧。

這般沒見識的新人，在這重大場合能有位子，只有這個理由。

她一定想親眼見證母親最後無法辦成的和平談判的結果——完全出自這樣的體恤。

見到波利多羅卿簽下賣身契，成就了自己母親辦不到的國家大事，卻不禁拍手叫好，額手稱慶？

這傢伙在胡說八道什麼？

搶先讚頌波利多羅卿的功勞，並且向我陳情該增加給他的獎賞，這才像話吧？

而妳居然用醜男來稱呼功臣？

腦袋真的出問題了吧？

我的內心與臉上的微笑表情相反，現在猛烈翻騰。

「我想問。我問在座各位。年輕一輩對波利多羅卿的侮蔑，難道真的這麼嚴重？還是我對臣子期待過頭了？難道各位真的愚昧至此嗎？你們幾個能待在這地方坐在桌邊，難道不需要資格嗎？」

「您誤會了！——不，絕非如此。在我們家中，已向女兒們再三叮嚀，波利多羅卿是守護國家的救國英傑。如果女兒膽敢出言侮辱波利多羅卿，就算被下令處斬，對女王陛下也不會有一絲怨恨。不，不須勞煩女王陛下，就由我自己先大義滅親！」

「那麼，為何這狀況會在我眼前發生？」

這可是十分嚴肅的問題。

不允許撒謊或敷衍。

我以微笑繼續施壓。

「儘管如此——但是就如同這位新人，為何要將那種醜男視作英傑，這種侮蔑的看法並不少見，也是事實。」

「這點僅限法袍貴族嗎？」

「想，想必如此。與安哈特締結領地保護契約的所有封建領主，我想應該都對波利多羅卿的待遇感到不服氣……」

比起這種蠢貨在眼前大搖大擺，對我有所不滿還比較能接受。

我對親衛隊投出目光。

以臉敲擊桌面的聲音停止了。

鮮血飛濺在桌巾上，牙齒的碎片也散落各處。

「這傢伙的母親稱得上有才幹嗎？」

「這點不會錯。受安娜塔西亞第一王女選為面對維廉多夫的談判官，口才與武藝都高人一等的菁英。她主動提出要負起和平談判失敗的責任，以無法完成職責為恥，將家主之位讓給女兒，由此也可見一斑。」

「那麼，單純只是這新人愚昧到連母親的話都聽不懂吧？我原本還考慮滿門抄斬呢。我再也不想見到這張臉了。揪出去。」

整張臉沾滿了鮮血，痛得昏厥的女人被兩名親衛隊扛起。

「記得叫她們家重新選個繼承人。順便補上一句，我再也不想見到那蠢女人的臉。讓她明白，要是再有下一次，下場就是火燒宅第，連同家中眾人付之一炬。」

「遵命。」

親衛隊走出房門的同時。

我對在場所有人如此宣告。

臉上的微笑並未消失。

「你們要讓周遭眾人徹底理解，波利多羅卿的待遇是救國的英傑，本次和平談判的功臣。下次再有人膽敢侮辱，不管是何等豪門派來的侍童，都可以當場斬首。」

「遵命。」

在場貴族全員無不戰慄。

自己家中該不會就有那種愚者吧？

一定要確實叮嚀眾多親戚與僕從，絕不能遺漏。

沒人願意遭到波及而被沒收地位。

感受到這般恐懼傳來，我明白當下的選擇無誤。

我收起微笑，恢復平常的冷漠面孔。

「不過，莉澤洛特女王。」

「怎麼？」

一名貴族像是要直言勸諫般插嘴。

是上了年紀的重臣之一。

「對波利多羅卿的報酬又該如何？事到如今平凡的報酬，無論是諸侯或法袍貴族，只要擁有正常理性的人都難以接受。安排低階貴族的女兒嫁給波利多羅卿，已經無法讓人服氣。

再者還要問波利多羅卿自身的感情。」

「這點我明白。」

接下來得切換思路了。

首先浮現腦海的人選——

「瓦莉耶爾。」

這名字頓時脫口而出。

無論是誰，不管多麼遲鈍，首先都會想到她。

本來就預定要讓瓦莉耶爾放棄王位繼承權。

雖然第一王女派系中也有人想把她趕進修道院，但我和安娜塔西亞已經不願這麼做。

瓦莉耶爾是我可愛的女兒，安娜塔西亞似乎也萌生了當姊姊的自覺。

我原本打算從直轄領分出一塊小領地給她，讓她在該處靜靜度過餘生。

只要偶爾帶孩子來讓我見一面就好了。

原本這樣安排就可以了。

「誠可謂面面俱到。」

聽到我嘀咕的名字，年老貴族立刻了然於心。

讓瓦莉耶爾下嫁波利多羅卿。

以「嫁給」法斯特的形式，讓她成為瓦莉耶爾・馮・波利多羅，展開新的人生。

然而。

終究擺脫不了的問題是安娜塔西亞與亞斯提真的能接受嗎？

況且。

王室吸收了身分較低的貴族。

這樣的見解也會增強。

起初要讓他成為安娜塔西亞與亞斯提之情夫的計畫，本就門不當戶不對。

但法斯特・馮・波利多羅是維廉多夫戰役時的救國英傑。

正因如此，若是在安娜塔西亞繼承女王大位之後，要力排眾議強行為之，我原本認為勉強還能服人。

這次雖然又在維廉多夫的和平談判上，添增了一筆對國家的功勞，但王室女兒下嫁於他，會不會稍嫌踰矩？

坦白說，令人煩惱。

此外更讓我遲疑的是——

「就是不想給瓦莉耶爾啊。」

「嗯？」

「沒什麼。」

瓦莉耶爾是可愛的女兒。

雖然可愛，但過去我與亡夫在床上想緊緊依偎時。

這孩子年幼時常常鑽進被窩底下，緊抱著羅伯特睡覺。

我心生嫉妒。

雖是可愛的女兒，但為何不是我，而是妳摟著他睡覺？

而且波利多羅卿與羅伯特那般神似。

難道要再次被奪走了嗎？

「收回剛才的發言。讓我稍作考慮。」

無所謂，沒必要現在決定。

況且還要考慮瓦莉耶爾本人的意向。

而且也得確認法斯特的想法。

自法斯特敬愛不已的亡母瑪麗安娜時代，波利多羅家與貴族世界斷絕關係已久，將王室之血引入祖先代代傳承的血脈之中，重新建構貴族之間的人脈。

考慮到這份利益，我想他不會拒絕就是了。

暫且如此吧。

莉澤洛特女王對自己如此找藉口開脫，決定將結論留待日後。

第44話 假想敵蒙古

雷肯貝兒宅第。

不理會些許血跡殘留於庭院的地面上，四人圍繞庭園桌而坐。

我法斯特、瓦莉耶爾大人、月閣下，以及妮娜小姐。

已經用手帕擦過臉，臉頰依舊因毆打而腫脹的薩比妮受命站在主人椅子後方。這時瓦莉耶爾大人問道：

「我再次確認喔。妳說的遊牧騎馬國家真的會西征到這裡來嗎？」

「那個名字至今仍未定的國家，其慾望永無止境，光是滅亡了我的祖國也不會就此而滿足吧。」

「征服並滅亡了妳過去服侍的王朝，因此滿足了征服慾的可能性呢？」

瓦莉耶爾殿下冷靜對答。

我法斯特雖有母親瑪麗安娜施以騎士教育，得到了身為超人騎士的武力，以及區區三百領民地方領主的兵法與統治術。

而瓦莉耶爾大人受過王室的高等教育，論這個世界的知識，是我不如她。

瓦莉耶爾殿下繼續說道：

「過去也曾經有民族使用複合弓與優異馬術的傳統騎射戰術，建立起霸權。」

前世的匈人，在這個世界也同樣存在過嗎？

「雖然形體同樣是人類，但她們秉持猛獸般的凶猛而活。難道是這支民族重現了嗎？」

瓦莉耶爾如此思索的同時，要求薩比妮為她添茶。

那態度顯得威風凜凜。

單論身為王族受過的高等教育，的確在我之上。

現在的她因那份知識而展現自信。

如果平常總是這樣，身為第二王女顧問當然也感激不盡就是了。

儘管人稱凡人公主，但並非無能。絕非如此。

哎，讓她在卡塔莉娜女王面前扮演丑角的我，也許沒資格這樣講吧。

「我不諳西國歷史。但是，我敢說至少比妳說的民族還要糟糕萬分。」

月閣下如此回答。

表情充滿苦澀。

「她們有知性。若非如此，也不可能統一高原。」

「統一了高原？在安哈特與維廉多夫北方持續掠奪的遊牧民族還沒被統一啊。」

「在維廉多夫鄰近地帶，已經被我母親滅族了。雖然遲早會如雜草般春風吹又生。但請不要把我們和脆弱的安哈特相提並論。」

妮娜小姐出言指正。

在她心目中，母親克勞迪亞・馮・雷肯貝兒殲滅了數支頻繁掠奪的北方遊牧民族，讓她引以為榮吧。

「不好意思。」

所以瓦莉耶爾大人也沒有反駁。

畢竟事實如此。

「我可以繼續說下去了嗎？」

月閣下打斷場上氛圍般發言。

「麻煩妳了。雖然妳剛才說遊牧民族統一高原，那和安哈特北方的遊牧民族不同嗎？」

「不一樣。位於絲路以東的遙遠東方，我那滅亡祖國北方的大草原上。她統一了那片草原。」

月閣下舉起雙手按住臉龐。

這番話讓我聯想到蒙古，我強忍著想舉手抱頭的衝動。

「我國歷史同樣長年來飽受北方遊牧民族掠奪。但從來不曾認為她們會整合為一。為了爭奪水源而永遠互相殘殺，遭遇大雪、寒冷、強風、飼料枯竭等種種的艱困辛苦，無論來世今生同樣都置身地獄的遊牧民族。我們從來不認為她們會統一。不管再怎麼凶猛強悍，土地環境終究無法改變。」

何謂文化？

雖然突兀，但這句話突然浮現腦海。

在前世，德文中的這個字眼同時也有「耕種」之意。
我認為，說穿了就是如何取得充分的食物以填飽眾人的肚子。
我身為區區不到三百領民的統治者，總是思考著該如何餵飽所有人，而有如此淺見。
我也明白這只是弱小領主的偏見就是了。
語言、宗教、音樂、料理、繪畫、哲學、文學、衣著、法律。
這一切都維持規律，有條不紊，完成各自的職責。
簡單來說，文化是為了滿足肉體及精神上的饑渴而存在。
我是如此認為。
那麼，生平飽嘗飢餓與乾渴，以家畜乳汁潤喉的遊牧民族的文化為何？
其最大的特徵，就是更在農耕民族之上的壓倒性強悍。
一切都能以這句話總結。
近乎純粹地追求力量。
自農耕民族手中掠奪，藉此果腹。
至少在這世界上，遊牧民族的掠奪等同於生存競爭。
一旦失敗，就意味著在冬天餓死、凍死，或是部族之間的互相殘殺與內鬥。
因此，我法斯特·馮·波利多羅這個西方農耕民族的弱小領主，畏懼遊牧民族。
那是我前世不可能理解的恐懼。
「但是她們統一了。由於一名超人的現身。」

月閣下閉起眼睛回答。

無名的遊牧騎馬民族國家。

遊牧民族之王，在她們之間，那國家的名稱想必已經決定。

不過，儘管東洋的王朝已經覆滅，我們如今還不知那名稱。

喀啦。

我的手掌磨過桌子，發出粗糙的摩擦聲。

前世的蒙古帝國，是掠奪王成吉思汗。

因為一名超英傑個體的現身所造成。

在這世界也相同吧。

超人與魔法與奇蹟。

前世與這世界的差異。

這會造成什麼結果？

假設掠奪王成吉思汗是超人。

不，我覺得那傢伙前世也是超人吧。

聽說是人類史上最厲害的種馬。

不，那是副產物，不是主要議題。

快點動腦啊，法斯特·馮·波利多羅。

從前世帶來的知識中，難道沒有東西派得上用場嗎？

「名叫托克托。加上稱號是托克托可汗。」

果真是蒙古嘛。

聽到可汗這名號的瞬間，我的背脊一陣發涼。

饒了我吧。

「汗」還可以接受，唯獨「可汗」這名號不行啊。

擺明了是蒙古帝國的最高領袖才會自稱的名號嘛！

雖然我想雙手抱頭沉吟，但我不能。

作為安哈特的英傑，作為守護波利多羅領顏面的領主騎士，絕對不可以。

勉強忍住這股衝動。

安娜塔西亞第一王女贈送我的這套溝槽鎧甲，在前世被稱作最後的騎士鎧，這東西完成的時代，是前世的十六世紀初期。

當時已是蒙古帝國內部分裂，走向解體的時期了。

為何到了現在才現身？

成功將遊牧民族滅族的克勞迪亞・馮・雷肯貝兒也是，還有我也是。

這個時代是超人的豐收季嗎？

我想這種念頭不算太過自吹自擂。

既然如此，我該做的是什麼？

我努力思索我能辦到什麼。

不理會我的沉思，月閣下繼續對瓦莉耶爾大人說道：

「她雖然是掠奪者，但顯然有別於過去。她不像過去那樣，單純只是掠奪了事。她甚至對我國發動了情報戰。事先掌握都市中有無超人存在。訪察敵情、設下計謀。托克托可汗的使者也曾造訪我，想遊說我投靠敵營。我拒絕了使者的遊說並送客離開。現在回想起來，當時就該斬了使者。」

拜託了，算我求妳，月閣下。

別再讓我對蒙古帝國的知識符合當下現世的現實了。

妮娜小姐從旁插嘴。

「月閣下，由妳指揮的軍隊也輸了嗎？我實在無法置信。」

「我並沒有輸。在我居住的都市的局部戰鬥獲勝了。以我的弓箭，一天一夜射殺了數百名對手。她們乖乖撤退了。」

不愧是超人。

那又為何敗北？

雖然可以想見。

「但如果對方不與我為敵，我便束手無策。托克托可汗率領的遊牧民族不理會我這種超人所在的都市，快刀斬亂麻地割裂土地入侵。」

既然在區域會戰上打不贏，就找其他地方。

整體獲勝即可。

原來如此，很合理。

「對抗以機動性為武器的遊牧民族，要塞都市一直以來都是絕對的盾牌。長久守護我們農耕民族。但是對托克托可汗卻不起效用。她準備了攻克要塞都市的手段。」

「那是什麼？遊牧民族怎麼可能有方法攻略要塞都市？」

瓦莉耶爾大人提出理所當然的疑問。

她當然會這樣想。

如果沒有前世的知識，我也不例外吧。

「因為有叛徒。」

月閣下使勁敲打庭園桌。

想必在哪個世界都存在吧。

「我過去隸屬的國家，名叫飛龍。啊，在這國家的傳說中也存在的飛龍，意思是飛翔於天空的龍。」

飛龍。在這世界說不定還真的能找到一頭。

畢竟是中世紀奇幻世界嘛。

哎，恐怕畢生都沒機會親眼目睹。

「飛龍的技師答應了托克托可汗的遊說，投靠敵營了。不只有飛龍的投石機技師，聽說還有帕薩這國家的技師。」

完全就是波斯嘛，混帳東西。

該不會用上了重力投石機吧？

想像已經抵達惡夢的程度。

神聖古斯汀帝國之中，有沒有足以對抗這類兵器的智慧型超人誕生啊？而不是我這種偏向武力的超人。

阿基米德，救救我啊。

我在腦海中向前世的古代超人數學家求助。

神沒有任何回答。

如果真有神讓我轉生到這瘋狂的世界。

稍微給我一點優惠也未嘗不可吧？

您本人就是神的話，也不會遭受報應吧？

我是如此認為。

「經過了一個月的攻防。城牆被打碎，逃竄的市民被綁縛，男人在五花大綁的妻子面前被侵犯，最後男人女人全部被殺。市民單方面遭到屠殺。雖然王室俯首稱臣，但王室的血族全部被殺光。於是王朝滅亡了。」

哎，想當然會殺掉吧。

不只是日後會成為禍根的王室，與戰鬥無關的市民們也順手殺光，不需要多大的動機。

不只是遊牧民族騎馬國家，屠城正是國家要滅亡國家時的常規手段。

還稱不上殘酷。

「我居住的都市也隨著王室屈服而投降了。我在王室投降的同時逃出了都市。我不認為對方會讓殺掉數百敵人的我活下來。再者我當時也專挑衣飾特別華麗的敵方將軍狙殺。」

月閣下使弓的本事果然非比尋常啊。

狙殺敵方將軍的身手可沒那麼常見。

「起初我想讓我家一族全部逃出城。但是都市已經被敵軍包圍，無法讓所有人都逃出去。於是族人全員對我說，我們會戰到最後，抵抗到死。但妳是我們一族的英傑。若只有妳一人，還能逃出生天。為了不讓一族的血脈斷絕，妳要活下去，大家是這麼對我——」

月閣下擺在桌面上的手。

那隻手像是再也無法忍受般，緊緊握住後猛然敲在桌上。

在超人的力氣下，庭園桌發出嘎吱聲。

「我拋棄了所有族人，獨自一人驚險逃出被托克托可汗包圍的都市。要不是有愛馬雪烏，我恐怕就連逃走都辦不到吧。」

真虧妳有辦法逃走啊。

不，國家賜予這超人的愛馬的超群腳力，即便是騎馬民族也追趕不上嗎？

「絲路。這條陸路當時還有少數商人往來。而我在流浪時從商人口中聽說了。在西洋有個國家，就算是東方人，只要能展現武藝同樣能爬上軍事階級。」

那就是維廉多夫吧？

「那是一段漫長的旅程。最後我抵達此處，對國家的衛兵展現了我的弓術，經過審查後得到晉見卡塔莉娜女王的機會。於是我向她告知了遊牧騎馬民族的威脅。」

我誠心感謝，多虧有妳吃了這些苦。

若非如此，至少我這領民不到三百的弱小領主騎士，法斯特・馮・波利多羅絕無機會聽聞這些消息。

莉澤洛特女王大概是不將威脅告知各地方領主，而是隱瞞消息將穩定民心放在第一吧。

哎，她是賢明的女王。

我想應該不至於毫無準備。

「安哈特王國瓦莉耶爾第二王女殿下。誠心希望您也向安哈特王國告知其威脅。她們有朝一日會來。為了守護國家財產與市民性命，抵抗其掠奪。」

「我明白了。」

瓦莉耶爾大人點頭。

隨後看向我。

「月閣下這番話，我打算照實轉達母親大人，不過法斯特是怎麼想的？」

「這是正確的選擇。我也會幫忙解釋。」

「法斯特要幫腔？你不是不願參與國家政治嗎？」

當下狀況不允許啊。

坦白說我一點也不想淌政治的渾水。

其實我也沒把握。

雖然想了這麼多，遊牧騎馬民族國家真的會西征至此嗎？

或者是會打消主意？

就連這問題都難以判斷。

雖然前世與現世有其相似之處，但並非全部相同。

我可不能輕率發言。

但是，絕對要做好準備。

「只要有必要，我不惜賭上性命對抗遊牧騎馬民族國家。」

「你願意付出這麼多？」

因為就是這麼嚴重。

這個世界是就連歐洲這概念都尚未成形的西方國家群。

封建制度依舊普遍，中央集權化也不成熟的國家。

若不團結一致，對上遊牧騎馬民族國家絕對沒勝算。

最少也要澈底強化安哈特與維廉多夫之間的聯繫。

不，光是這樣也完全不夠就是了。

我絕不能坐視我的領地，波利多羅領的領民，被遊牧騎馬民族國家踐踏而化為歷史的露珠消散。

吾母的墓地，在騎兵的鐵蹄下化作荒煙漫草而消失在歷史的洪流中，再也無法分辨。這種事我絕不能容忍。

我法斯特・馮・波利多羅，無論是就區區弱小領主的立場，還是就轉生者的立場。
同樣都畏懼著假想敵蒙古的西征。

第45話 初吻

維廉多夫王城，女王大廳之中。

我單膝下跪，對卡塔莉娜女王行禮。

「這麼快就要走了？還可以多待一會兒吧？和平談判的內容已經透過通訊器聯繫，傳到安哈特王國了喔？」

卡塔莉娜女王如此說道。

坦白說，我也想多悠哉幾天。

「我想讓領民早點回到領地。此外還有那件事。」

妳當作禮物塞給我的炸彈，早一秒鐘也好，我想快點扔給莉澤洛特女王。

反正妳一定還沒向安哈特透露月閣下的存在吧。

就算神聖古斯汀帝國已將絲路遙遠彼端的王國滅亡一事告知安哈特王國，我實在不覺得連威脅程度也會傳達。

我一個三百領民的弱小領主騎士握有這種情報，也是無濟於事。

「想聊的話多得數不清。我想知道你是怎麼長大，至今度過何種人生？同時也想讓你認識我。我是如何長大，至今度過何種人生。這難道是罪惡嗎？」

卡塔莉娜女王像是有所強求時的貓，將頭往旁邊一擺。

女王大廳中，充斥著濃烈的大馬士革玫瑰香。

因為大量的玫瑰花妝點在女王大廳。

我昨天才報告要回國，就能馬上蒐集這麼多的玫瑰。

不愧是選帝侯，財力就是不一樣。

或者該說維廉多夫比安哈特王國更加中央集權啊。

同時諸侯們對王室要求的力量也更強吧。

我想著這些瑣碎之事。

先撇開這些念頭，我得回答卡塔莉娜女王的問題。

「我也很樂意與卡塔莉娜女王陛下分享彼此的人生。然而現在我國遭遇存亡危機，我必須直接與莉澤洛特女王談過。這也是您的不是啊，卡塔莉娜女王。」

「月的事情啊？我就直說了吧，法斯特・馮・波利多羅。愚昧到如此輕忽對待你的安哈特王國，就算知道狀況，我也不認為她們有辦法實行對策。在維廉多夫，我們已將我們的想法告知神聖古斯汀帝國，並且提出了萬一需要時的救援要求。」

「卡塔莉娜女王陛下，儘管如此——」

儘管如此還是不夠，卡塔莉娜女王。

我能理解妳是如此充滿才幹，已經做好了自己該做的所有事。

但是妳想得太簡單了。

「容我直言，儘管如此還是不夠。維廉多夫與安哈特攜手對抗，再加上神聖古斯汀帝國的救援，還是不夠。」

「一旦危及國家存亡，維廉多夫能召集兩萬兵力。安哈特大概也相同吧。這四萬兵力再加上神聖古斯汀帝國的救援還不夠？」

「還不夠。雖然只是我個人的淺見。」

情報還不夠。

為何神只賜予我武力，不賞給我智慧的果實。

無論是維廉多夫或安哈特，當然絞盡全力就能一起動員四萬的兵力吧。

如果強行動員農民上戰場，還能湊出更多人。

然而這樣的軍隊，兵員水準將會參差不齊。

不管將領多麼有才幹，劣質的士兵會擾亂行動。

另一方面，假想敵蒙古的士兵則是戰鬥經驗豐富的騎馬民族。

更何況機動力是天壤之別。

在平地根本不成對手。

必須引誘對方深入無法發揮機動力的森林或沼地。

不過，一旦要以大軍交戰一決勝負，而且要避免對市民造成損害的話，決戰無論如何都會發生在平原上。

快回想起來。

我像是要絞盡前世的知識，伸手按住頭。

唯獨前世中歐洲的敗北，也就是萊格尼察戰役的大概經過，我記得十分清楚。

當時，歐洲的騎士戰術是朝敵陣中央的猛攻。

蒙古輕易化解了主力突擊，再靠先前詐敗的輕騎兵自側翼射擊，簡單說就是在平地上構築類似交叉火力的包圍網，使德意志與波蘭聯軍陷入混亂。

之後又在騎士團背後點燃煙霧，使之與後方的步兵分隔。

然後以蒙古的重裝騎兵擊破混亂的騎士團，輕鬆俐落。

只講大綱的話，是真的很單純。

所以我記得很清楚。

我可不想死於這種蒙古最強的拿手絕活。

在這世界上雖然有魔法、奇蹟、傳說的存在，但目前看起來都不是足以顛覆與假想敵蒙古之戰的關鍵。

既然如此。

「一切都不夠。遊牧騎馬民族的回馬箭，當敵方人數較少時還能應付。就如同克勞迪亞・馮・雷肯貝兒卿迫使北方遊牧民族滅亡那般。然而——」

「當敵人與我方數量相同，數名超人還不足以扭轉戰局，是吧？」

「是的。當然超人同樣不能少。」

那不會是幾名超人就能顛覆戰況的戰事。

將會是數萬人正面衝突的大戰。

現在缺少什麼？

擁有強烈領導魅力，足以統領臨危招集的數萬軍隊的指揮官？

足以顛覆過去的戰爭常識，讓對方無法預料我方戰術的戰術家？

就算數名指揮官在戰場倒下，替補能立刻取而代之使戰場不致於混亂的指揮系統？

又或者是絕對不會斷絕的補給？

抑或是發揮複雜戰術所需的多種兵科？

托克托可汗手中握有這一切。

若真是我設想中的蒙古，想必應有盡有。

而我法斯特·馮·波利多羅手中，一項也沒有。

我擁有的只是祖先代代傳承的巨劍，以及向雷肯貝兒家借來的長弓。

以及母親生給我並栽培養大的這具超人之軀。

應當守護的三百領民，以及孱弱的政治立場。

僅只如此。

只靠著這些條件，要思考如何面對蒙古。

想當然是緣木求魚。

正因如此，首先就是對上頭告知威脅。

這是當下最優先的要務。

「我得回國。回國告知威脅。」

「這樣啊。我會仔細咀嚼你的意見。反覆思索。你的專屬商人名叫什麼？」

「英格莉特。英格莉特商會。」

英格莉特商會。

本次拿到了法斯特．馮．波利多羅專屬商人的金字招牌，現在歡天喜地。

為融化冷血女王卡塔莉娜之心，她完美地運送了那束「融心的玫瑰」。

雖然是從安哈特王宮偷來的贓物。

只要和平契約還持續，她就能大搖大擺在維廉多夫做生意吧。

哎，拿到這點程度的好處也是應該的吧。

「日後的聯絡就拜託英格莉特商會吧。那傢伙值得信任吧？」

「自前任領主延續至今的交情，無須懷疑。」

「我想你應該也從月那邊聽過，托克托可汗長於情報戰與策反。手段恐怕在我之上。」

卡塔莉娜女王用手輕撫自己的下巴，如此說道。

「總之她一定會透過絲路的商人獲取我們的情報吧。帕薩的商人特別可疑。」

「可以想見。」

波斯人和阿拉伯人等伊斯蘭教徒。

這些伊斯蘭商人與蒙古帝國的盛世密切相關。

甚至天主教徒也未置身事外。

到頭來，只要能得到優遇，人大多不會拘泥於陣營。

「話雖如此，也無法斷絕流通。既然如此，我也竊取情報吧。」

「卡塔莉娜女王要這麼做？」

我表情納悶。

女王願意幫忙當然是最好。

「我和絲路商人沒有往來。不過人會流落至此。已經有好幾個像月這樣的人來到這裡。盡是些一心想對托克托可汗復仇的人。」

「那也有可能是奸細。請小心人選。」

不過這種間諜，卡塔莉娜女王應該能分辨吧。

還有現在站在一旁，擔任軍務大臣的老太婆。

「你以為我看不出來？真要說的話，你該懷疑安哈特王國。」

「我國的莉澤洛特女王，以及安娜塔西亞第一王女都是英明的君主。」

「我不懷疑她們。我是懷疑那些輕視你，輕視英傑的臣子之中，是不是出了奸細。蠢貨就是無可救藥才叫蠢貨。」

真是至理名言。

雖然我不認為手中未握有任何技術的叛徒，在戰後能得到托克托可汗的重用。

蠢貨就是無可救藥才叫蠢貨。

「自個當心，法斯特・馮・波利多羅。」

「我明白了。」

蠢貨就該斬。

我還沒開口建議，就被她如此忠告。

我現在就得開始擔心安哈特王國中是否出了叛徒。

「那麼，就來進行最後的儀式吧？」

「儀式？」

「沒什麼，和平談判的契約。兩年後應收品項的預付部分。」

卡塔莉娜女王臉頰微微發紅，像貓一般對我招了招手。

「嗯？」

我擺出納悶的表情，說了一聲「失禮了」而站起身。

預付部分是指什麼？

「與我接吻，法斯特・馮・波利多羅。」

「為何？」

「因為我想試。」

卡塔莉娜女王率真回答。

筆直的威猛直球，貓咪的猛拳。

不知為何這人的舉動不時給我一種貓的氛圍。

雖然外觀是肉感豐盈的美女。

「我還沒體驗過初吻。」

「我也是。彼此都是第一次的話不是正好嗎？」

這下傷腦筋了。

我在前世也沒有接吻的記憶。

我可是戀愛白痴。

「我不懂如何接吻。也許會撞到牙齒。」

「力道自己控制啊，笨蛋。和家人也不曾親吻過嗎？我在童年時天天都被雷肯貝兒親臉頰就是了。」

「母親曾親吻過臉頰幾次。我只記得這樣。」

我走上前去。

無人阻止。

站在我前方的瓦莉耶爾大人，以及一旁表情異樣苦澀的薩比妮閣下，我走過兩人身旁。

來到王座前方，我停下腳步，立於卡塔莉娜女王面前。

見到我靠近，卡塔莉娜女王站起身，走向我。

「這是契約。法斯特·馮·波利多羅。兩年後必定要讓我懷上你的孩子。」

「我會努力。」

我不討厭就是了。

一點也不討厭。

吾乃胸部星人是也。

胸部的狂熱教徒。

卡塔莉娜女王胸部很大，即為正義。

因此我真的不討厭。

問題在於。

我這個戀愛白痴也許會被卡塔莉娜女王之吻轟得七葷八素。

也許會情不自禁愛上她。

與卡塔莉娜女王間的情誼並非戀愛。

而是擁有同樣創傷的兩人，彼此舔拭傷口般的行為罷了。

那原本應該不算是愛情。

「我已經等了一分鐘。」

「還需要一點心理準備。」

「等不下去了。蹲下。你太高了。」

我蹲低了身高超過兩公尺的魁梧身軀，盡可能接近地面。

隨後卡塔莉娜女王的嘴唇貼了上來。

人生中的初吻。

彼此都不知道方法。

舌頭互相交纏。

有如觸手般，讓我明白原來這就是接吻。
第一次理解了這件事，在口腔內讓舌頭彼此磨蹭。
溫暖的氣息拂過臉，視線對上卡塔莉娜女王的眼眸。
那眼眸如此美麗。
我發自內心這麼想。
彼此都沒有說話。
大概過了幾分鐘吧。
最後是卡塔莉娜女王先將臉拉開。
「頭有點昏。」
我也是。
卡塔莉娜女王面紅耳赤，我大概也不遑多讓吧。
仔細一想，這裡可是官僚貴族與諸侯齊聚一堂的會場。
雖然順勢就這麼做了，這樣真的好嗎？
不，更重要的是。
我果然是戀愛白痴。
真的對卡塔莉娜女王萌生了情意。
只因為一個吻就感覺到愛情。
我原本就不打算違背契約，但有了這份情，我便再也無法背叛她，背叛卡塔莉娜。

「契約的預付部分已收！如此一來，安哈特與維廉多夫的和平談判在此真正成立！」
維廉多夫的老太婆，軍務大臣高聲說道。
響亮的嗓音毫無老態，透出歡喜而興奮的情緒。
氣氛與餘韻全被毀了。
我輕抹了一下嘴唇。
卡塔莉娜女王的唾液還留在口中。
但是，那感覺並不噁心。
接吻真是奇妙的行為。
這時傳來有人倒地的聲音。
突然其來的聲響讓我轉頭，不知為何薩比妮閣下哭倒在地。
這裡可是維廉多夫的女王大廳喔。
對卡塔莉娜女王太失禮了吧？
哎，看起來沒人在意就是了。
「法斯特，明年喔。明年一定要來見我一面。每個月都要寫信給我。我也會寫給你。」
重新坐回王座上，卡塔莉娜女王依舊紅著臉對我說。
「明白了。」
我簡短回答。
我轉身背對卡塔莉娜女王，踩過女王大廳的紅色絨毯，有如屍體般倒在一旁的薩比妮閣下和不知所措的瓦莉耶爾大人讓我感到無奈。

我扛起薩比妮閣下，準備離開大廳。

「法斯特・馮・波利多羅。」

背後傳來說話聲。

是卡塔莉娜女王的聲音。

「我不要你覺得我是嫉妒心重的可悲女人，所以你就這麼離開吧，別再回頭。這是最後一句話。日後再相逢吧，法斯特。」

「好的，卡塔莉娜大人。日後再相見吧。」

我並未回頭。

不是因為卡塔莉娜女王這麼說。

而是我覺得只要回頭了，就會想再度與她接吻。

我一步步與走在身旁的瓦莉耶爾大人一同穩穩踩過紅色絨毯。

我們就這麼離開了維廉多夫。

外傳 某個小領主之死

下地獄也無妨。至今的人生中我總是這麼認為。
一雙手已經變得有如皮包骨。
朝著空中伸出乾澀的手掌，我這麼想。
我大概馬上就要死了。
這身體天生就虛弱，動不動就患病。
本來就認為活不了太久，事實上也真是如此。
我大概活不過三十五歲吧。
撐得比想像中還久了。
沒有任何後悔。
對貫徹執著活到今天的我自己，沒有後悔。
「作盡了壞事啊。」
波利多羅領——我瑪麗安娜·馮·波利多羅生活至今的領地，只是一座小村莊。
區區三百名領民居住於此，最近終於開始能輸出食糧，從其他地方賺取金錢。
生活實在稱不上優渥，是片貧瘠的土地。

不過最近收穫還不錯。

至少每個人都能吃飽了。

在我年輕時真的難以餬口。

回想起來，法斯特誕生時也是這樣。

村長欣喜之餘打開了村裡糧倉的大門，人人都喜上眉梢。

村裡孩子們不知道是為了法斯特誕生而欣喜，還是因為能吃得肚皮鼓脹而開心。

那狂歡般的情景，我也無法分辨。

哎，要求孩子們清楚判斷也是強人所難吧。

那已經是二十年前的事了。

因為法斯特就要二十歲了。

「啊啊。」

床上的我試著緩緩挺起上半身。

但是辦不到。

身體內毫無一絲力氣。

我只好舉起枯瘦的手示意。

已經與赫爾格交接，過去的從士長為我扶起上半身。

「我想看看外頭。」

我請她打開木製窗板。

光芒刺眼。

從坐落在小山丘上的領主宅第，望見領地的田地。

金黃色的麥田。

豐收啊。

生活變得富足了。

如今領民已經毋須再害怕飢餓。

我賭上畢生辦到的，少數的成果之一。

視野變得模糊。

並非淚水湧現。

單純只是死期將近。

「對不起，我就要什麼都看不見了。」

我一定會死。

馬上就要死了。

生與死的分界，感覺已是那樣模糊。

感覺只要將腳踏進那一側，意識就會飛散到不知何處的遠方。

「瑪麗安娜大人！我馬上去叫法斯特大人過來！」

「還不要讓他進房。」

我就這樣死了最好。

我如此想著。
也許我再也不要與法斯特見面比較好。
我真心這麼想。
就這樣把遺體放進棺材，埋進土裡最好。
法斯特想必也不想見到我的臉吧。
我也沒有臉見他。
至少在這思考結束前，不想與他面對面。
我的贖罪還不夠。
即便注定落入地獄，就算死期將近，我至少應當持續後悔。
雖是自己的孩子，也不能讓他來見最後一面。
「夠了，讓我躺下。」
手已經舉不起來了。
窗板雖然尚未關閉，上半身緩緩地滑回床鋪。
好想睡。
馬上就要結束了吧。
然而思考依舊持續著。
丈夫逝世時，法斯特才五歲。
真是傷透腦筋。

丈夫雖是因為金錢交換才被賣到此處，但真的是個善人。
他真心愛著我，光是憑藉這事實，讓我也能真心愛他。
但是，我們之間只有法斯特一個孩子誕生。
不知是因為丈夫身體虛弱，還是因為我的身體虛弱。
無論如何，下一個孩子還沒誕生，丈夫就死於肺病了。
真是傷透腦筋。
如果沒有女兒，就無人能繼承這波利多羅領。
世上幾乎沒有男領主，至少我從未聽聞。
若無長女，就無法傳承領地。
所以我真的傷透腦筋。
村長與從士長也明白狀況，屢次向我勸諫。
要我迎娶下一位丈夫。
字字句句都很正確。
這是貴族的義務。
但是我終究無法接受建議。
這是我下地獄的第一個理由。
「法斯特，拿劍。」
「好的。」

起初只是打發時間罷了。

至少該學會起碼的護身術，我便要求法斯特握起小小的木劍。

不懂如何與年幼兒子相處的我，想把教學當作簡單的遊戲。

法斯特意氣飛揚地向我挑戰。

這年紀就算用雙手拿木劍，力氣頂多也只夠舉起來吧。

背叛了我這樣的預料，他只憑單手就能使勁揮動木劍。

我瞠目結舌。

「等等！法斯特！」

「是鬆懈的母親大人不好喔！」

我原本想招架，肋骨卻紮紮實實地挨了一擊。

法斯特是五歲幼童。

雖然體弱多病，但是二十歲的我自認身為騎士的能力未無不足之處。

雖然我的確毫無防備，但對於本次敗北沒有什麼不服氣。

若是在戰場上，那一招已經殺了我。

在那瞬間我理解了。

人稱超人的存在稀世罕見。

那種人物，我親眼見過的只有在領主更迭並繼承領地之時，前去晉見的安哈特女王陛下莉澤洛特一人，而且我也沒機會親眼見識她的實力。

但超人真的存在。

不知力氣輕重而給了我一擊的法斯特似乎不當一回事，因為勝利而歡呼。

至於我則是體驗到肋骨龜裂般的劇痛，不禁單膝跪地。

但我強忍疼痛，開口稱讚他。

「漂亮的一劍，法斯特。」

我想我應該勉強忍住疼痛，維持了笑容。

我當時發自內心感到欣喜。

體弱多病的我和已逝丈夫之間的獨生子。

這孩子是貨真價實的天才。

這正是錯誤。

當然了，法斯特沒有任何不對。

犯錯的人是我。

「對不起。我一定從頭到尾都錯了。」

口吐歉意。

站在我床畔，過去共赴戰場的從士長。

以及一同經營領地的村長。

我對兩人道歉。

「瑪麗安娜大人。法斯特大人現在堂堂正正地從事軍務。自從瑪麗安娜大人養大的法斯特大人開始率領領民，至今還沒有人在軍務中陣亡。」

「論經營領地，領民也十分滿足。法斯特大人的能力，一切都拜瑪麗安娜大人的薰陶所賜。更何況瑪麗安娜大人不是為了讓我們領民溫飽，帶領我們整理農地嗎？」

兩人雖然出言安慰，但我終究是錯了。

當時所有人都反對。

這是當然的。

再說一次，世上幾乎沒有男領主，至少我從未聽聞。

但我卻打算這麼做。

因為我的獨生子法斯特是天才，我便想將一切都交給這孩子。

簡直愚蠢至極。

一切都只是藉口。

只是妳不想迎娶新的夫婿吧？

將自己所有的自私，壓在男性的法斯特身上。

因為這孩子是天才，想將自己的一切交給他。強迫他接受這種感情。

「——」

真令人想死。

不，馬上就能死了吧。

沒錯，我有下地獄的資格。

第一項懺悔結束了。

身為貴族，無法為領民實現貴族義務而懺悔。

思緒轉向下地獄的第二個理由。

祖先一代又一代漸漸累積起波利多羅領的信用。

全部毀在我手上。

事到如今，誰也不想和波利多羅領打交道。

鍛鍊兒子劍術，百般折磨他的「狂人瑪麗安娜」已經惡名昭彰。

只在領地內流傳就算了。

我盡心經營領地，並且也確實辦妥軍務，讓領民無從置喙。

但是，貴族間的關係就沒那麼容易了。

就算以體諒的角度來看，我的行動除了瘋狂外還是無以形容。

誰會想和這樣的我打交道？

有哪個貴族家願意結為姻親？

每次為了軍務趕赴各地，向封建領主出示王室發行的通行證時，無論是誰都擺出厭惡的表情。

原來這人就是「狂人瑪麗安娜」。

儘管身為貴族不會說出口，但憑著視線就理解這般侮辱。

在背地裡受人嘲笑，這我還能接受。

我被侮辱並不重要。

但是祖先受人侮辱令人難以承受。

理所當然。

更何況貴族間的關係不會隨著我死而結束。

會一直持續到法斯特的時代。

父母之罪即兒女之罪，即便家主更迭，也無法輕易抹滅過往的風評。

在貴族社會上，不是每件事都能靠著家主更迭而獲得諒解。

原來這人就是那個狂人的兒子啊。這般侮辱將如影隨形。

血。

我感覺到凝固血塊般的物體，自喉嚨深處向上升起。

我並非咳出，而是嚥下。

這種苦楚，我只覺得是我應受的懲罰。

第二項懺悔結束了。

身為貴族，失去了列祖列宗累積的事物。

而且還將之繼承給法斯特，我對此懺悔。

「瑪麗安娜大人。我已經無法再忍下去了。我這就去叫法斯特大人過來，請您務必撐到那時……」

過去的從士長擠出了顫抖的聲音。

她說完這句話便想走出房間。

別這樣。

我雖然想這麼說，卻吐不出話語。

也許我仍沒有真心懺悔。

心裡某處，也許還是渴望在臨死前見法斯特最後一面。

我明明就沒有這種權利。

我已經沒有時間了。

我必須贖罪。

思緒轉向下地獄的第三個理由。

那就是我對法斯特的一切所作所為。

「母親大人。」

我的孩子。

不同於安哈特一般的男子，一頭剃短的黑髮。

那雙紅眼並非銳利，而是顯得溫柔。

容貌不似丈夫而是像我，我為此有點高興。

不過體格既不像丈夫也不像我。

實在是太高大了。

身高已經超過兩公尺，體重則突破一百三十公斤。

原因大概不是全在我身上吧。

身為超人的天生資質也是原因之一吧。

但是，生下他的人毫無疑問就是我，而且將他鍛鍊成這般渾身肌肉的體格，毫無疑問也是我的錯。

我嚴格地澈底鍛鍊他。

不讓他輸給任何人，甚至足以成為安哈特的最強騎士。

日復一日鍛鍊他劍技與槍術。

在一切都匱乏的領土上蒐集書籍，向信賴的教會宗派要求提供知識，盡可能填補不足之處。

將這一切如水般吸收，再加上觸類旁通，法斯特毫無疑問成為我的至高傑作。

我親手送他登上了誰也無法觸及的高峰。

把我的一切都給了他。

所以他不會輸給任何人。

只是不會輸罷了，妳這蠢貨！

這些事對法斯特算得上什麼幸福嗎？

妳這傢伙──我瑪麗安娜為了何種理由這麼做？

在我眼中，我敢說找遍世上也沒有在這孩子之上的男子。

但是在安哈特這國家中，就只是一名其貌不揚的男人。

雖然領民僅僅三百，好歹也是個小領主，也許勉強還能招個貴族家的三女為妻。

但因為我的緣故，貴族關係已經斷絕，更何況法斯特如此強悍。

沒幾個女人會喜歡比自己更強悍的男人。

在我完成了法斯特的時候，才想到這天經地義的道理。

法斯特站在我的床畔。

仔細看他的身體，甚至留有過去被我用未開鋒的劍砍出的細微傷疤。

我——

我真是個無可救藥的蠢人。

我該做的事情，為了法斯特該做的事情——

生下長女，為了盡可能讓他能締結良好的婚姻，增強貴族關係，將法斯特養成一位端莊的男性。

這樣才是身為貴族的本分。

而不是要他使劍弄槍。

更不是在兒子的寶貴肌膚留下滿身劍疤。

第三項懺悔結束了。

光是這三點，我會下地獄已是必然的結果。

如果真要細數，肯定還有吧。

時間已經不允許了。

「法斯特。」
呼喚那名字。
無法自制地，想呼喚這孩子的名字。
於是，法斯特溫柔地輕撫我的臉。
觸感粗糙，爬滿了劍繭與槍繭，溫柔的大手。
「法斯特。手。」
法斯特將手伸到我的胸前。
我輕輕地用雙手握住那隻手。
顫抖持續不止，但這並非單純來自我。
法斯特也同樣在顫抖。
我試著壓抑那顫抖。
我想說些什麼，這隻因為我的過錯而爬滿硬繭的粗糙大手，實在稱不上是男性的玉手，讓我傷心得小聲說道：
「對不起，法斯特。」
我終於道歉了。
至今為止，我連承認自己的過錯都辦不到。
這孩子原本應該有更好的未來。
是我毀了這一切。

我理解了這一點。

如今我除了謝罪之外，沒有資格說任何話。

無論受到何種責備，都是天經地義的結果。

「——」

咿——

抽搐般嘶啞，有如嬰孩般。

啊啊，這聲音我曾經聽過一次。

在法斯特誕生時，我親耳聽見過的哭聲。

水滴落在我那只剩皮包骨的手上。

眼睛已經看不見。

但是我明白。

法斯特正在哭。

法斯特像個嬰孩般哭泣，眼淚滴落在我的手上。

怎麼了。

這孩子還願意為我哭泣嗎？

我明明是那樣過分地對待他。

一次還不夠。

要再道歉一次才行。

「——」

張開口，但已經無法發出任何聲音。

我。

我——

只要是為了這孩子，下地獄也無所謂。

在我臨死之時，這孩子的一滴淚水落在我的手上，光是這件事，我就能笑著趕赴地獄。

我甚至配不上這滴淚珠。

一心只希望，唯獨這孩子一定要幸福！

我敢發誓，這孩子，法斯特·馮·波利多羅決不會違逆自己的正義與騎士道。

不同於惡魔般的我，畢生失敗的我，他真的是個好孩子。

所以了，神啊，求求您，眷顧這孩子——

意識逐漸轉弱，就此斷絕。

外傳 卡塔莉娜IF 幸福結局

我法斯特第一次接吻的對象，正是維廉多夫的女王，伊娜・卡塔莉娜・瑪麗亞・維廉多夫，別無他人。

而我真心愛上的對象，也是那時候為了和平談判而邂逅的敵國女王。

我達成了與維廉多夫的和平談判後，莉澤洛特女王陛下付給我龐大的獎勵金做為報酬，對此我真的十分感謝。

不久後繼承王位的安娜塔西亞大人，以及亞斯提公爵也都不吝於支援我的領地，至少我敢說過去的辛勞貢獻也算有了回報。

對此我確實感謝。

我法斯特因為對母親的敬愛，發誓要為領地與領民付出全心全意，因此我從來不打算背叛安哈特王國。

然而，但是。

儘管如此，我的心還是傾向維廉多夫女王。

「法斯特，我想聽聽你的聲音，舔拭你的舌尖。你的肌膚令人懷念。希望你永遠陪在我身旁。如今我這冷血女若感覺不到你的體溫，就沒辦法活下去。是雷肯貝兒與你，在名為卡塔莉娜的空心雕像中注入了以愛融化的鉛鐵。希望你為此負起責任。」

每個月都從卡塔莉娜那邊收到直截了當又熱情的信件，我也必須拿出誠意回信才行。

說起來雖然害臊，但我無論是收到女性的私信，又或者是回信，都是人生中第一次，毫無相關技能。

同時，我也明白了卡塔莉娜是真心思念著我。

既然如此，至少為了避免卡塔莉娜產生不快的感受，我也絞盡腦汁擠出文學造詣以求合乎禮數，書寫回信，就在頻繁的信件往返之中。

我也不禁漸漸動了真情。

書寫情書這種行為就有如某種魔法一般。

類似使人愛上別人的契約書，誠可謂惡魔的行為。

「……絕非正道的戀情啊。不，真是如此嗎？」

其實這就騎士而言也不是壞事。

我締結主從契約的安哈特王室的假想敵國維廉多夫的女王卡塔莉娜。與她關係親密其實也並非壞事。

君主與騎士的主從契約並非「忠臣不事二君」這樣嚴格的規範，更何況在複數國家都擁有爵位的騎士也不稀奇。

為尋找優秀的主子而遊歷諸國，對騎士而言並非壞事。

豈止是不事二君，隸屬於兩個國家並同時擁有兩名君主的領主也不稀奇。

有些情況下，在戰事上這些領主有時不會偏袒任何一方，作為溝通橋樑維持雙方關係。

因此波利多羅家領主法斯特・馮・波利多羅，與安哈特女王莉澤洛特、維廉多夫女王卡塔莉娜兩者都締結主從契約，稱不上是罪惡。

期待並非法袍也非官僚的騎士對國家忠心不二才奇怪。

封建領主眼中最重要的是自己的領地，其他一切都只是利害關係。

會對此出言責備的人，只有不明白常識也沒有見識的蠢人。

「……雖然她說過，與我並非正式婚姻關係也能接受。」

同時我也明白，在這世界上就男女關係而言也沒有任何問題。

貞操價值與前世顛倒，男人本來就會由多名女性共同擁有。

不只是與多名女性同床共枕也沒有問題，此外維廉多夫於和平談判提出的條件，就是要求我這個超人的優良血脈與卡塔莉娜女王結合生子。

毫無理由讓人在背後指指點點。

若兩國王室的血族向我提親，旁人應當純粹感到欣喜，絕對不可能批評波利多羅家。

因為一旦批評就會被兩國王室宰掉。

「因此我也知道沒有任何問題。雖然看在大眾眼中像是變節。一旦正式立下婚約，就會偏向維廉多夫那一方。」

我明白。

我雖然明白。

將彼此的立場、心境與愛情寫為書信，思慕日漸累積。

最後使得我「怦然心動」是唯一的關鍵。

安哈特王國的確對我有份恩情。

然而，即便我身在安哈特王國陣營，往後的人生中也不會將劍鋒轉向維廉多夫，轉向卡塔莉娜吧。

我就坦白直說了。

我發自心底愛上了伊娜・卡塔莉娜・瑪麗亞・維廉多夫這名女性。

那雙眼眸已經將我徹頭徹尾融化，吸引住我並使我深陷其中。

因此我打算對卡塔莉娜正式提出婚約。

雖然不至於毀棄與安哈特的主從契約，但我認為既然身為卡塔莉娜的王配，偏袒維廉多夫也無妨。

證明王族血統的絹絲紅髮。

面容冷硬如塑像——有如畢馬龍的雕像。

彷彿希臘神話之中，象牙雕成的女性雕像那般無瑕的肌膚。

不只是容貌。她最終明白了手中的「玫瑰花蕾」充滿了克勞迪亞・馮・雷肯貝兒這名女傑為她澆灌的愛情，於是像個女童般哭泣的她——

緊緊抓住了我的心。

是她在我心中點亮名為對女性的愛情的這盞光。

不是卡塔莉娜以外的任何人。

「我今後該如何自處，這才是問題。」

雖然有了心愛之人，我也不願背叛安哈特。

不過，因為安哈特最終還是虧待我了，所以這也稱不上是背叛吧。

啊啊，沒錯。

安哈特王國至今還沒為我安排好正式的婚約對象啊。

「沒錯，這不是背叛。到頭來，安哈特沒辦法為我安排婚姻對象就是明確的侮辱。」

我說服自己般唸唸有詞。

心愛的卡塔莉娜不也說過了？

「對國家的英傑，居然連安排相配的妻子都辦不到。更何況國民和貴族居然對英傑冷眼看待？安哈特王國究竟是怎麼回事？坦白說我無法理解。」

啊啊，沒錯。

就是這樣，安哈特王國到頭來還是沒有幫我安排婚約對象。

當然莉澤洛特女王也絕非不曾為我安排，她確實曾經為我安排婚事，這點千真萬確。

但是，我這身高兩公尺體重一百三十公斤又渾身肌肉的醜陋男騎士，終究沒辦法找到好姻緣。

更何況，地位愈高的安哈特貴族愈傾向於拒絕與法斯特．馮．波利多羅締結婚姻。

理由我很明白。

因為一旦與波利多羅家成為姻親，不知會招致何種災禍。

一旦締結了婚約這種關係，就一定會被我身旁的環境影響。

必須代替我成為只有三百名貧窮領民的邊境領主而辛勤工作，這種程度也許還有人自願，但是狀況更加棘手。

必須被夾在情勢仍不穩定的安哈特與維廉多夫之間，而且還得以我的妻子的身分與卡塔莉娜交手。反過來說，一旦莉澤洛特女王陛下或安娜塔西亞殿下徵招，就必須參加戰事，向社會大眾展現對安哈特不變的忠誠。

貧窮的生活，加上蝙蝠般擺盪的艱苦立場，還要與我這種醜男結為夫妻。而安哈特貴族的婚姻契約中最惡劣的問題，就是一旦結婚就不被允許離婚，整個家族都會遭受牽連。

貴族的結婚，並非平民男女的結婚。

與莉澤洛特女王陛下談妥後訂立的婚約，絕對無法撕毀，在連坐與緣坐原則下，將會成為牽連親戚與主從關係者所有人的大事業。

只要當事人彼此相愛不就好了？這種愚蠢的戲言無從介入。

不止是父母，就連親戚氏族，甚至家中僕從園丁都有小聲說上一兩句話的發言權。

因為如果這場婚姻招致了王室的不快，豈止是族人，就連締結主從契約的僕從都會滿門抄斬也是理所當然。

一旦到了真要結婚的階段，如果直視著我的臉說「我不想和這種醜男結婚。想取消這次婚約」打算取消本次婚姻，那就是對安哈特王室的侮辱行為，如果王室不予懲罰，則是對波利多羅家的侮辱行為。

如果在婚約的現場，對方擺出了「這人配不上我們家」的鄙視態度，身為貴族就必須殺死對方。

兩家之中必須有人付出性命。

如果剛好雙方都沒有意願，就算在這種狀況，為了維護面子還是會發生幾個人送命的小衝突吧。

因此，願意嫁給我的婚約對象——願意說服女兒，硬是逼人家嫁給我的貴族，在安哈特中終究沒有出現。

所以，結果才會是這樣。

「……」

我對莉澤洛特女王陛下心懷感謝。

直到最後的最後，都在眾人面前稱讚我的優點，並且出言安慰我。

最後甚至對我打趣說道：「不然乾脆和我再婚吧？如果對象是你，我也不會搖頭。」

女王陛下為了出言安慰我，不惜觸怒安娜塔西亞殿下，甚至在王座前上演醜陋的互罵和互毆，我也無法討厭這個人。

因此，我完全沒有背叛莉澤洛特女王陛下並解除與安哈特的主從契約的打算。

但是，但是啊。

「……到頭來，安哈特王國還是沒辦法為我安排婚約對象。莉澤洛特女王陛下，沒有為法斯特・馮・波利多羅準備一位相配的婚約對象，這仍是不變的事實。」

既然如此，我法斯特稍微偏向維廉多夫也是人之常情吧？

讓莉澤洛特女王陛下接受的理由已經一應俱全。

雖然使我感到些許憂傷。

沒錯，我該下定決心了。

我今天在此決定，要成為伊娜・卡塔莉娜・瑪麗亞・維廉多夫的正式王配。

※

在那之後過了五年。

在維廉多夫的王宮，我正受到心愛的卡塔莉娜質問。

年齡已過二七，現在她的容貌比起當初相遇時更添幾分妖豔。

「法斯特，我有些事要問你。」

語氣像是在責備。

我一邊感到懊悔一邊回答。

「怎麼了？心愛的卡塔莉娜。」

「不管怎麼說，你也太淫蕩了吧？淫蕩這詞的意義你明白嗎？性慾太過強烈。太過放縱性慾。」

我知道她會這麼說。

雖然我知道，但是聽心愛的女性實際上如此責難，還是令人心痛。

我也覺得她這樣講有她的道理就是了。

「當年你向我告白，正式成為了維廉多夫的王配。這對我來說是喜出望外的結果，莉澤洛特那傢伙也沒有異議，所以直到今日也不曾提過任何怨言。沒錯。我對現況非常滿意，沒有任何不滿。」

在那之後我成為了王配，在維廉多夫的民眾與貴族的齊聲讚頌中，受到全場一致的熱烈迎接。

波利多羅領的經營也毫無問題，由於維廉多夫派遣了優秀的地方官，坦白說比我親自經營時更加富足。

雖然還有波利多羅領家的繼承問題尚未解決，哎，在我與卡塔莉娜相親相愛的婚姻生活之中，將來繼承維廉多夫的孩子也已經誕生。

未來次女三女誕生的可能性也不低吧。

只要其中一人願意繼承，那就沒有任何問題。

「我想追究的問題，想必你也心知肚明。就是你在維廉多夫的所做所為。你確實對我說過『我愛妳』。也說過『這世上的摯愛唯獨卡塔莉娜一人』。而我也這樣回答你：『無論你與誰同床共枕，無論你喜歡上誰，只要最後在我死時握著我的手，待在我身旁，我就心滿意足。』」

是的。

我深愛著卡塔莉娜。

我們之間已經有取名為克勞迪亞的獨生女誕生了。

有朝一日她也許會繼承維廉多夫，戴上王冠吧。

「你也確實愛著我。愛我的程度已經堪稱史無前例。在那間寢室受到你那無從挑剔又熱情洋溢的照顧後，我已經心知肚明了。而我也發自內心深愛著你。」

卡塔莉娜。

我簡短低語妻子的名字，既然妳都說到這個分上了，何不現在就進閨房？

如果情況允許，我也不想挨罵，希望她能這樣就饒過我。

就這樣邀她吧？

「這先暫且不提，你爬上我妹妹妮娜·馮·雷肯貝兒和客將月的床，則是另一個問題。我剛才問的是這件事。」

嗯，是那件事啊。

我的確對那兩人出手了。

首先關於妮娜小姐，她現在已經十七歲了。

就和她母親克勞迪亞·馮·雷肯貝兒卿那樣，原本少女的圓亮眼睛不知何時變得狹長，身材也急遽抽高，成長為細眼的少女。

維廉多夫的每個人一見到她，都忍不住說「和母親簡直是一個模子印出來的」而欣喜地淚流不止。

然而這似乎造成她強烈的自卑。

因為她的精神顯得有些不穩定，我之前邀她騎馬出遊散心時，她便哭著緊抱住我。

於是她就把我推倒了。

說要上了我來超越母親雷肯貝兒。

雖然我覺得這種勝利方法有哪裡搞錯了，但是，哎，該怎麼說呢。

我也覺得不能放水，於是英勇迎戰。

問題在於應戰的方法。

「妮娜來向我求情，說她懷孕了，希望王室承認孩子的父親是法斯特。」

對於屢戰屢勝的我，之後妮娜小姐大約每週一次來向我挑戰。

無論在何時何地，無論在何種狀況下。

只要維廉多夫的騎士向我決鬥，我絕不逃避。

因為我曾經立誓，哎，希望妳能認定我也有其苦衷。

我抬頭挺胸如此說道。

「單純是比我年輕十歲的女人每週找你投懷送抱，你自己也暗爽在心裡吧？」

原來如此，這種卑鄙的想法，我法斯特當然也不會完全否認。

我法斯特絕不說謊。

「身材高瘦」的細眼少女主動與我幽會，這種正中性癖好球帶的情境，的確讓我法斯特興奮萬分。

真的非常興奮。

但是，我在世界上最愛的人是卡塔莉娜這一點並不會改變，而且我也不是主動對妮娜小姐出手。

我如此辯解。

「哎，妮娜的事就算了。畢竟她是雷肯貝兒的女兒，那麼就是我妹妹。與其讓居心不良的男人有機可趁，把法斯特的種分給她還比較好。我就不追究了。」

我得到原諒了！

「那麼，和月之間又是怎麼一回事？這部分視狀況我也能諒解。」

維廉多夫的客將月閣下。

這方面的原因也是月閣下的精神不安定。

托克托可汗並未西征。

雖然不知原因為何，這類狀況在現實中完全沒發生。

一切關鍵就在此。

失去所有血親和族人，甚至捨棄了自己的家名，犧牲了自己的一切。

一心追求的復仇最終無從實現，使得月閣下的精神變得不穩定。

某天夜裡，形單影隻的她悄悄離開維廉多夫，打算回到故鄉發起無異於尋死的突擊。我當然無法袖手旁觀。

我把她緊緊抱在懷裡，告訴她希望她得到幸福。

何不忘記過去的一切，在維廉多夫這塊新天地養育自己的子女，重拾家名，並在此東山再起。

我真心誠意地說服了她。

於是哭泣的月閣下短暫顫抖後，瑟縮在我懷裡，輕輕點了頭。

「然後呢？」

嗯，哎，這部分還沒關係，或者該說大有關係。

總之月閣下恢復了精神，重振意志，要在維廉多夫重建新的家族。這當然很好。

但是月閣下又說，如果想重建家族，就需要有男性的良好血脈。

若要尋找良好的血脈，尋遍整個維廉多夫，都找不到比法斯特更好的男性。

是你不准我去死，那麼你就有義務，負起責任讓我懷上你的孩子。

的確是我阻止她形同自殺的魯莽行徑，既然她如此強烈要求，我也感覺自己負有責任。

我和她之間生下了一名孩子，當然卡塔莉娜也已經知情了。

「嗯。根據我對法斯特的了解，我明白這些都是藉口。」

當然我並不討厭有著東方人的扁鼻子五官，體態豐滿的月閣下。

甚至該說符合喜好。

我就直說了，我法斯特最喜歡的就是大腿粗，而且胸部大的美女。

再刻意加上鼻子扁的美女這樣有些偏離喜好的要素就更喜歡了。

如果坦承心中一切想法，與其說是因為責任感，完全無法否認我其實樂在其中。

坦白說我覺得賺到了。

請原諒我。

「法斯特誠實以告這點我懂了。畢竟相愛的兩人之間不需要謊言。」

我獲得原諒——

「儘管誠實無欺，你還是該罵。為何你生性如此淫蕩啊？根本是放縱性慾的怪物……」

「嗯。的確如此。」

她叫我跪下。

「以上是維廉多夫的問題。你應該還有其他事情該老實招來吧？」

「……至於在安哈特，這個嘛……」

我想說這同樣是迫於無奈。

問題出在莉澤洛特女王陛下、安娜塔西亞殿下、亞斯提公爵。

因為她們口口聲聲懷疑波利多羅家的誠意。

她們竟然懷疑波利多羅家列祖列宗累積至今的誠意。

「我懂了，你會偏袒維廉多夫那一方，這不能怪你。但是我們也需要你展現絕不會背叛的誠意。沒錯。就是誠意。你懂誠意的意思吧？那就是拋開私慾，嚴肅處事的態度，想要的是你的真心誠意。」

並非暗示或兜圈子，劈頭就這麼告訴我。

將我邀入房中兩人獨處時，三個人搬出了同一套說詞。

我起初無法理解話中含意，但對方便說我身為男性，若要證明真心誠意除了出賣肉體還有其他辦法嗎？便將我推倒在床上。

我也曾懷疑她們為何渴求我這醜男的身子，但我還是答應了。

我顫抖著身子，為了波利多羅家出賣了肉體——

「你絕對是騙人的吧。你的性慾有多麼旺盛，在正式締結婚約後的閨房之中，我早已經切身體會過了。你一定是毫無抗拒，歡天喜地答應了吧。之前我去安哈特，大概有三個孩子在宮中跑來跑去。長得和你可真像。」

真是什麼事都瞞不過卡塔莉娜。

是的，正是如此。我當然喜孜孜地答應了！

在那般美乳又爆乳的三名美女主動要求之下，那還拒絕就有失我的本色。

我將安哈特與維廉多夫之間的權力關係拋諸腦後。

正是幸運造成的事件。

胸部之神為了眷顧信仰深篤的我，時時從上天關照著我。

希望妳如此諒解。

我提出這般說詞。

「蹲下。讓我全力揍你的臉。」

「好的。」

我屈膝下跪，這個類似受勳典禮的姿勢，與其說像個頂天立地有尊嚴的騎士，更像是挨主人責罵的屬下。

「不過在挨揍之前，讓我說一句話就好，卡塔莉娜。」

「你想針對什麼發言，法斯特？」

我望向王宮庭院。

拋開工作不管的軍務大臣就在該處，理應年紀破百的老太婆正充滿朝氣地將我們的女兒朝著太陽舉起。

日後將指引維廉多夫未來，我與卡塔莉娜的愛情結晶。

雖然軍務大臣因此嘀咕「這下終於能放心去死了」但是完全沒有衰老的徵兆。

我和卡塔莉娜的孩子。

我感到光芒燦爛般瞇起眼睛，以言詞表示愛情。

「儘管如此，我是真心愛著卡塔莉娜。」

「唯獨這點我相信。我之前對你說過了。無論你與誰同床共枕，無論你喜歡上誰，只要最後在我死時握著我的手，待在我身旁，我就心滿意足。」

卡塔莉娜在我耳畔細語說出想必終身不渝的愛情。

對初吻的對象，願意奉獻無限的愛情。

「話雖如此，該罵的還是要罵。你這傢伙只要從理論和道理來評斷，根本一無是處。」

「嗯，如果要講道理，我無從反駁。」

要論是非對錯，的確是我錯了。

我法斯特只是身為騎士，為了不讓任何人過得不滿足，盡了自身全力而已。

灌注愛情！

真要說來只有一件事錯了。

「原因在於對所有事都灌注太多愛情了吧。」

不過，如果這樣大家都能幸福的話，不是很好嗎？

這樣也算是大家都走上了屬於各自的結局。

我法斯特確信唯獨這一點不會錯。

後記

首先，對於繼第一集之後，同樣購入並閱讀了第二集的各位讀者們，在此再次鄭重致上謝意。

都是多虧有各位讀者購買上一集，第二集才會像這樣成功問世。

（坦白說作者本人已經做好覺悟可能一集就斷尾了。）

那麼，在此向各位說一件有關本作的喜事。

在「未來會紅的輕小說大賞２０２２」中，雖然並未獲得冠軍，但是在文庫部門排行第二，於男性讀者投票排行第一。

為本書投票的讀者們致上至深的謝意。

見到被提名的作品名單時，我原本以為連前十名都排不進去，心中毫無期待之時，卻接到了責任編輯的聯絡通知結果，可說是喜出望外。

後記通篇寫滿了感謝，正是要表達我心中的感謝之情。

雖然仍然意猶未盡，但就寫到這裡暫且打住。

關於第二集的內容。

起初在第一集的後記我提到本書起頭時毫無整體的大綱，不過我將網路版的第二章改寫成第二集時，特別注意到整體的將來構想。

不過還是有許多部分讓我感嘆計畫仍不夠細緻。

在書籍化時，對網路版中覺得缺漏的部分補充描寫，並且加上了介紹部分與意圖強調的要點，再加上「めろん22」老師的插圖，本書的完成版令我十分滿足。

在本次改稿時，與我商量討論的責任編輯大人是如此可靠，讓我萬分感激。

如果有機會出版第三集的話，希望能像本次這樣，將網路版中令人不滿，描寫不足與評價較低之處改善後推出。

因此如果續集真的問世了，希望各位讀者不吝購入閱讀。無論是從書籍版入門，或者是自網路版開始讀的諸位讀者，我一定會讓各位滿意。

在本書的書腰上也有提到，在ＯＶＥＲＬＡＰ的網路漫畫雜誌《COMIC GARDO》上，漫畫版的連載已預定要開始了。

在本書發售時雖然尚未開始連載，但是我已經讀過了原稿，有幸讓畫技如此精湛的漫畫家為本作作畫，真的滿心感激。

漫畫中也特別強調了瓦莉耶爾殿下的可愛之處，敬請期待。

再會了！

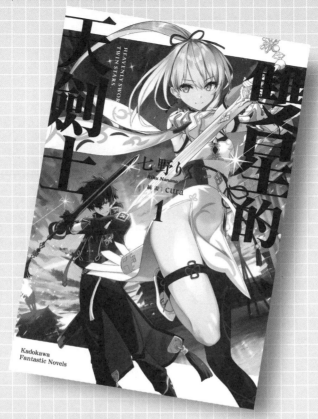